دو گز زمین

(افسانے)

مرتب:

اعجاز عبید

Do Gaz Zameen (Short Stories)
Edited By: Aijaz Ubaid
Edition: January '2024
Publisher :
Taemeer Publications LLC (Michigan, USA / Hyderabad, India)

ISBN 978-93-5872-872-9

کتاب	:	**دو گز زمین** (افسانے)
مرتبہ	:	**اعجاز عبید**
صنف	:	فکشن
ناشر	:	تعمیر پبلی کیشنز (حیدرآباد، انڈیا)
سالِ اشاعت	:	۲۰۲۴ء
صفحات	:	۱۰۲
سرورق ڈیزائن	:	تعمیر ویب ڈیزائن

فہرست

(۱)	تیس بچوں کی ماں	ایم مبین	6
(۲)	یہ کیسی بے وفائی ہے	ڈاکٹر بلند اقبال	16
(۳)	منت کشِ بے رخی	جلیل حیدر لاشاری	20
(۴)	نملوس کا گناہ	شموئل احمد	26
(۵)	خانہ بدوش	ابن کنول	38
(۶)	مفت ہوئے بدنام	محمد احمد	49
(۷)	دو گز زمین	عذرا قیصر نقوی	58
(۸)	میں پاگل نہیں ہوں	جمیل اختر	68
(۹)	ہیڈ آر ٹیل	حنیف سمانا	73
(۱۰)	یخ بستہ خواب	شائستہ فاخری	76
(۱۱)	بھول بھلیاں	اقبال حسن آزاد	87
(۱۲)	احتساب	فیروز عابد	94
(۱۳)	الحمدللہ	عابدہ رحمانی	96

(۱) تیس (۳۰) بچوں کی ماں

ایم مبین

گھر سے نکلنے میں صرف ۱۰ منٹ کی تاخیر ہوئی تھی اور سارے معمولات بگڑ گئے تھے۔

اُسے اندازہ ہو گیا تھا کہ اب وہ پورے ایک گھنٹہ تاخیر سے ڈیوٹی پر پہونچے گی اور اِس ایک گھنٹہ میں کیا کیا فسانے بن گئے ہوں گے 'اُسے اِس بات کا اچھی طرح اندازہ تھا۔

سندھیا سے کسی بات کی توقع نہیں تھی کہ وہ کچھ ایسا کرے جس سے کوئی نئی کہانی نہ بن پائے۔

چنٹو نے رو رو کے پورا کمرہ سر پر اُٹھا رکھا ہو گا۔ رونے کی وجہ سے اُس کی آنکھیں سُرخ ہو کر سوج گئی ہوں گی جو شام تک سوجی رہے گی۔

اُس کی آنکھوں کو دیکھتے ہی شوانی اُس پر برس پڑے گی۔

" آج پھر چنٹو کو رُلا دیا؟ میں تم کو الگ سے پیسے کس بات کے دیتی ہوں ؟ اگر تم چنٹو کے ساتھ بھی عام بچوں کا سا سلوک کرو تو پھر عام بچوں میں اور چنٹو میں فرق کیا ہے ؟ میں تمہاری سسٹر سے شکایت کر دوں گی کہ تم مجھ سے الگ سے پچاس روپے لیتی ہو۔"

دھمکی ایسی تھی کہ جس کے تصور سے ہی وہ کانپ اُٹھتی تھی۔

اگر سسٹر کو پتہ چلا کہ وہ شوانی اور دُوسری عورتوں سے بھی الگ سے پیسہ لیتی ہے تو وہ ایک لمحہ بھی اُسے کیئر ہوم میں رکھنے نہیں دے گی۔

اُس کی نوکری جاتی رہے گی۔ اور نوکری چلی گئی تو؟

اس تصور سے ہی اُس کے ماتھے پر پسینے کی بوندیں اُبھر آئیں۔ چنٹو کی عادت سی بن گئی تھی کہ وہ جیسے ہی ماں سے بچھڑتا تھا' دہاڑیں مار مار کر رونے لگتا تھا۔ صرف اُسی کی گود میں بہل پاتا تھا۔

آج شوانی اُسے سندھیا کے پاس یہ سوچ کر چھوڑ گئی ہو گی کہ وہ تو تھوڑی دیر میں آ جائے گی اور روتے چنٹو کو بہلا لے گی۔

لیکن بد قسمتی سے وہ آج ایک گھنٹہ لیٹ پہونچ رہی ہے۔

تھوڑی دیر سے آنکھ کھلی جس کی وجہ سے گھر سے نکلنے میں دس منٹ لیٹ ہو گئی تھی جس کی وجہ سے جو بس اُسے ریلوے اسٹیشن تک لے جاتی تھی' چھوٹ گئی۔

دُوسری بس آنے میں ۱۵ منٹ لگ گئے۔

اسٹیشن پہونچی تو لوکل چھوٹ گئی تھی۔ دُوسری ٹرین ۱۵۔ ۲۰ منٹ لیٹ آئی جو راستے میں دس منٹ لیٹ ہو گئی۔ پھر ریلوے اسٹیشن سے کیئر ہوم کے لئے بس کا انتظار

ہر جگہ تاخیر تاخیر تاخیر!

اُسے پتا تھا اُس کے دیر سے آنے سے نہ تو سسٹر اُسے کچھ بولے گی اور نہ سندھیا۔

دونوں کو پتا تھا کہ وہ کافی دُور سے آتی ہے۔ سات بجے ہوم پہونچنے کے لئے اُسے رات ساڑھے پانچ بجے گھر چھوڑنا پڑتا ہے۔ اِس کے باوجود وہ کبھی کبھار ہی لیٹ ہوتی تھی۔ اس میں اِس کا عمل دخل نہیں ہوتا تھا۔ لوکل یا بس لیٹ ہونے کی وجہ سے ہی تاخیر سے کیئر ہوم پہونچ پاتی تھی۔

اور پھر دِن بھر ۳۰ بچوں کی ماں بن کر اُن کا خیال رکھتی تھی۔ کبھی کبھی تو بچوں میں اِتنی اُلجھ جاتی تھی کہ دوپہر کا کھانا بھی نہیں کھا پاتی تھی۔

روزانہ کا یہ معمول تھا جب بھی وہ دوپہر کا کھانا کھاتی تھی۔ اُس کی گود میں کوئی نہ کوئی روتا ہوا بچہ ضرور ہوتا تھا۔ وہ کھانا بھی کھاتی اور بہلاتی بھی۔

کیئر ہوم میں جتنے بھی گاہک تھے سب اُس سے خوش تھے۔

چھوٹے بچے تو زبان سے اِس کی خدمت کے بارے میں اپنے ماں باپ کو کہہ نہیں پاتے تھے۔ لیکن جب وہ اُسے دیکھ کر ماں کی گود سے اُس کی طرف ہاتھ پھیلا کر مسکراتے ،لپکتے تھے تو ماں باپ اندازہ لگا لیتے تھے وہ اُن کے بچوں کا کتنا خیال رکھتی ہے۔

ہاں بڑے بچے جو بول سکتے تھے وہ ماں باپ سے تعریف کرتے تھے۔

"رادھا آنٹی بہت اچھی ہیں، ہم سے بہت پیار کرتی ہیں، ہمارا بہت خیال رکھتی ہے، ہم سے بڑی اچھی اچھی باتیں کرتی ہیں۔"

اِس وجہ سے گاہکوں میں اُس کی امیج بہت اچھی تھی۔

لیکن کبھی کبھی کوئی نہ کوئی ایسی بات ہو جاتی تھی جس کی وجہ سے اُس کی امیج کو دھکّا پہونچنے کا خطرہ پیدا ہو جاتا تھا۔ بلکہ اُسے اپنی نوکری بھی خطرے میں محسوس ہوتی تھی۔

اور نوکری خطرے میں پڑنے کے تصور سے ہی وہ کانپ اُٹھتی تھی۔

بوڑھے ماں باپ، دو جوان بہنیں اور دو نکمّے، آوارہ بھائیوں کی نگہداشت کا سارا بوجھ اُسی پر تھا۔ سسٹر اُسے تنخواہ کے طور پر ۳ ہزار روپے دیتی تھی۔

اُسے اِس بات کا علم تھا کہ وہ اچھی سے اچھی غیر سرکاری نوکری بھی کرتی تو شاید اُسے اِتنی تنخواہ نہیں ملتی۔ اِس کے علاوہ بچوں کے ماں باپ اُسے خوشی سے چالیس پچاس روپے ہر مہینہ دے دیتے تھے۔ یہ سوچ کر کہ اِس لالچ سے شاید وہ اُن کے بچے کا اچھی طرح سے خیال رکھے گی۔

اس نوکری کے چھوٹ جانے کا مطلب تھا پھر سے ایک بار بے کاری کے غار میں

بھٹکنا، ماں باپ کی جھڑکیاں، بہنوں کے طعنے اور بھائیوں کی گالیاں سننا۔

گھر کے حالات کچھ ایسے ہو گئے تھے کہ اگر اُسے کسی کے گھر میں برتن مانجھنے کا کام بھی مل جاتا تو وہ بھی کرنے کے لئے تیّار ہو جاتی۔

اس کے مقابلے تو یہ کافی اچھا، مختلف اور آمدنی والا کام تھا۔

اُسے کیئر ہوم میں ۳۰ بچوں کی دیکھ بھال کرنی پڑتی تھی۔

شہر کی ایک بڑی سی رہائشی کالونی میں سسٹر روزی نے یہ چلڈرن کیئر ہوم جاری کر رکھا تھا۔

اِس کالونی میں زیادہ تر افراد نوکری پیشہ تھے۔ ان میں سے کئی ایسے بھی تھے کہ دونوں میاں بیوی نوکری کرتے تھے۔ ان کے گھر میں بچوں کی دیکھ بھال کرنے والا کوئی نہیں تھا۔

بچے دو ماہ سے لے کر دس سال تک تھے۔

اُن بچوں کو وہ کس کے سہارے اکیلے گھر میں چھوڑ کر دُور دراز کے علاقوں میں نوکری کے لئے جائیں؟

پورے وقت کے لئے وہ نوکرانی نہیں رکھ سکتے تھے۔ کیونکہ ایسے کاموں کے لئے نوکرانیاں اتنی تنخواہ کی مانگ کرتی تھیں جو اُن کی کل تنخواہ کے نصف سے بھی زائد ہوتی تھی۔

ایسے تمام نوکری پیشہ افراد کا وہ واحد سہارا سسٹر روزی کا چلڈرن کیئر ہوم تھا۔

مائیں اپنے بچے ڈیوٹی پر جاتے ہوئے کیئر ہوم میں چھوڑ جاتی تھیں اور شام کو ڈیوٹی سے واپس آتے ہوئے اُنھیں واپس اپنے گھروں کو لے کر جاتی تھیں۔

اِس طرح اس کیئر ہوم میں روزانہ سیکڑوں بچے آتے اور دِن بھر وہاں رُک کر شام

کو واپس اپنے گھروں کو چلے جاتے تھے۔

ان بچوں کی دیکھ بھال کے لئے سسٹر روزی نے کئی نوکرانیاں رکھی تھیں۔ وہ بھی اُن میں سے ایک تھی۔ اس کے ساتھ ساتھ سندھیا بھی تھی۔ دونوں مل کر ۳۰ بچوں کا خیال رکھتی تھیں۔

سندھیا اور اُس میں زمین آسمان کا فرق تھا۔

وہ ایک گریجویٹ، سلجھی ہوئی لڑکی تھی۔

لیکن سندھیا ایک جاہل، اُجڈ اور گنوار قسم کی عورت تھی۔

وہ سویرے ۷ بجے سے رات کے ۸۔۹ بجے تک ڈیوٹی دینے پر یقین رکھتی تھی، بچوں کا کس طرح خیال رکھا جائے اُس نے سیکھا نہ تھا اور نہ اُس نے سیکھنے کی ضرورت محسوس کی تھی۔

"ارے! میں اپنے بچوں کا اِس طرح سے خیال نہیں رکھتی ہوں تو کیا اِن لوگوں کا خیال رکھوں۔ اُن کے ماں باپ نے کیا اُنھیں ہمارے لئے جنا۔ پیدا کیا اُنھوں نے اور یہاں ہمارے پاس لا کر چھوڑ گئے۔"

"سندھیا تم اس کام کے پیسے بھی تو لیتی ہو؟"

"بی بی میں پیسے ان بچوں پر نظر رکھنے کے لیتی ہوں۔ یہ کمرے کے باہر تو نہیں جا رہے ہیں۔ کوئی اُنھیں اغوا کرنے کی کوشش تو نہیں کر رہا ہے؟ رات دِن ان کی خدمت کرنے کے نہیں؟"

سندھیا کی باتوں اور حرکتوں سے اسے اُلجھن ہوتی تھی۔ اسے سندھیا کی نہ تو کوئی بات پسند تھی اور نہ کوئی حرکت۔ کبھی کبھی دِل میں آتا تھا کہ وہ سسٹر سے اس کی شکایت کر دے یا پھر سسٹر سے کہہ کر سندھیا کے بدلے میں کسی اور کو اپنے معاون کے طور پر

مانگ لے۔

مگر اس کا انجام کیا ہو گا اُسے اس بات کا اندازہ تھا۔

اور وہ سسٹر سے سندھیا کی شکایت کرتی تو سسٹر اُسے فوراً اُسے اِس کام سے نکال دیتی۔

یا وہ سندھیا کے بدلے میں کسی اور کو مانگ لیتی تو سندھیا جس کسی کے ساتھ رہتی اُس کی حرکتوں کی وجہ سے وہ سسٹر سے اُس کی شکایت ضرور کرتی اور سسٹر اُسے کام پر سے نکال دیتی۔

اور وہ نہیں چاہتی تھی کہ سندھیا کی نوکری جائے۔

کیونکہ اُسے پتا تھا سندھیا بھی اُسی کی طرح بہت ضرورت مند ہے۔

اِسی نوکری پر اُس کا گھر چلتا تھا۔

اُس کا ایک آوارہ شرابی شوہر تھا جو کام نہیں کرتا تھا لیکن روزانہ شراب پینے کے لئے اُس سے لڑ جھگڑ کر پیسے ضرور لے جاتا تھا۔ اُس کے چار بچے تھے۔ سب سے چھوٹا لڑکا ۲ سال کا تھا۔ وہ اُن سب کو اکیلا اپنے گھر چھوڑ کر آتی تھی۔ ان سب کا خیال اس کی بڑی لڑکی رکھتی تھی۔ جس کی عمر ۱۰ سال کے قریب ہو گی۔

سندھیا کا اس نوکری سے نکال دیا جانا ان سب کے لئے بھکمری کا پیغام لے کر آتا۔ اس لئے وہ سندھیا اور اس کی حرکتوں کو برداشت کئے جا رہی تھی۔

ان کے پاس جو ۳۰ بچے تھے ان میں سے تقریباً دس بچے ایک سال سے بھی کم عمر کے تھے۔ چنٹو اور رینو صرف دو ماہ کے تھے۔ دس بچے پانچ سال سے کم کے تھے باقی پانچ سال سے بڑے تھے۔

بڑے بچے ان کے لئے کوئی مسئلہ نہیں تھے۔

جب ان کے ماں باپ اُنھیں چھوڑ کر جاتے تھے تو ان کا اسکول کا بستہ ان کے ساتھ ہوتا تھا۔ وہ بچے ایک کونے میں بیٹھ کر پڑھائی کیا کرتے تھے، جب ان کے اسکول کا وقت ہو جاتا تو وہ دونوں ان بچوں کو یونیفارم پہنا کر تیار کرتیں اور اسکول کی بس یا رکشا تک چھوڑ آتیں۔

ان میں سے کچھ بچے اسکول چھوٹنے کے بعد سیدھے گھر چلے جاتے تھے۔ کیوں کہ تب تک ان کے ماں باپ گھر واپس آجاتے تھے۔ کچھ بچے اسکول سے دوبارہ کیئر ہوم میں آجاتے تھے۔ کیونکہ ان کے ماں باپ دیر سے گھر آتے تھے۔ اِس لئے وہ ڈیوٹی سے آکر اُنھیں کیئر ہوم سے لے کر جاتے تھے۔

پانچ سال کے بچے آپس میں یا پھر کمرے میں رکھے کھلونوں سے کھیلا کرتے تھے۔

سب سے بڑا مسئلہ ۲ ماہ سے ا سال کی عمر کے جو بچے تھے 'ان کا تھا۔ ایک ایک لمحہ ان کا خیال رکھنا پڑتا تھا۔ اُنھیں وقت پر دُودھ، دوائیں یا دُوسری چیزیں دینا۔ پیشاب، پاخانے کی صورت میں اُن کے کپڑے تبدیل کرنا، رونے کی صورت میں اُنھیں بہلانا۔

پھر عام طور پر اس عمر کے بچے صرف ماں باپ سے ہی بہلتے ہیں۔ ایک بار اگر رونا شروع کر دیں تو پھر اُنھیں بہلانا بہت مشکل ہوتا ہے۔

بڑے بچوں کو تو مار کے خوف سے چپ کرایا جاسکتا ہے۔

لیکن اِس عمر کے بچوں کے سامنے یہ ہتھیار بھی ناکارہ ثابت ہوتا تھا۔ ایسی بچوں کا وہ ماں بن کر خیال تو رکھ سکتی تھی لیکن ماں نہیں بن سکتی تھی۔ بچے ماں کے لمس سے ہی چپ ہو جاتے ہیں۔ بھلے وہ اُنھیں لاکھ ماں سا لاڈ، پیار، دُلار دے لیکن ماں کا لمس کیسے دے سکتی تھی۔ جس سے وہ آشنا تھے۔

اُسے پتا تھا اگر اس نے کسی بھی بچے کو سنبھالنے میں ذرا بھی لاپرواہی کی تو اِس کی سزا

اسے ہی بھگتنی پڑے گی۔

راہیہ کو ہر ایک گھنٹے کے بعد دوا دینی پڑتی تھی۔ اگر اس نے اسے باقاعدگی سے دوا نہیں دی تو وہ بیمار ہو جائے گی۔ راہیہ کی ماں صرف رات بھر اسے سنبھالے گی۔ دُوسرے دِن وہ اس کے پاس چھوڑ کر جائے گی اور دُوسرے بچوں کے ساتھ بیمار راہیہ کو اسی کو سنبھالنا پڑے گا۔ گوتم کو ہر ایک گھنٹے پر دُودھ دینا پڑتا تھا۔ اگر اُسے دودھ نہ ملے تو وہ رو رو کر سارا کمرہ سر پر اُٹھا لیتا تھا۔ اور اُسے روتا دیکھ کر دوسرے بچے بھی رونے لگتے تھے۔ بچوں کو یہ عادت ہوتی ہے کہ اگر وہ کسی کو روتا ہوا دیکھتے ہیں تو خود بھی رونا شروع کر دیتے ہیں۔

اِس سے بہتر تھا کہ ۱۵۔ ۲۰ روتے ہوئے بچوں کو سنبھالنے کے بجائے گوتم نہ روئے اس بات کی ترکیب کی جائے۔

نِکیتا صرف ۸ مہینے کی ہے۔ اس کا باپ اسے وہاں چھوڑ جاتا ہے۔ اور اسے لینے کے لئے بھی آتا ہے۔ اس کی ماں جب وہ ۵ مہینے کی تھی تو کسی کے ساتھ بھاگ گئی تھی۔ اب اس کا باپ ہی ماں بن کر اس کی پرورش کر رہا ہے۔

اشونی کی صرف ماں ہے۔ اُس کے باپ نے کسی اور کے ساتھ دُوسری شادی کر لی ہے۔ مجبوراً اپنا گھر چلانے کے لئے اس کی ماں کو نوکری کرنی پڑی۔ وہ آٹھ مہینے کا ہے۔ اس کی ماں اس کے پاس اشونی کو چھوڑ کر نوکری کرنے جاتی ہے۔

جب ماں باپ کیئر ہوم میں بچے چھوڑ کر جاتے ہیں تو ان کے لئے سیکڑوں ہدایتیں دے جاتے ہیں۔

"ہر دو گھنٹے کے بعد دُودھ پلاتی رہنا، دوا باقاعدگی سے دینا، اگر پاخانہ یا پیشاب کرے تو فوراً صاف کر دینا، زیادہ دیر کھلا رہنے سے اُسے سردی ہو جاتی ہے۔ ڈاکٹر نے سختی سے

منع کیا ہے تو بچے کو سردی نہیں ہونی چاہیئے۔ اس بار سردی ہوئی تو اسے نمونیہ ہونے کا ڈر ہے۔ دوپہر کو کپڑے بدل کر کاجل پاؤڈر لگا دینا۔ شام کو بچہ اچھی حالت میں ہونا چاہیئے۔ اسے راہل سے دُور رکھنا، راہل بیمار ہے کہیں اس کی بیماری اسے نہ لگ جائے۔

چھوٹے بچوں کے لئے تو ہدایتیں تھیں۔ بڑے بچوں کے لئے کوئی ہدایتیں نہیں ہوتی تھیں۔ کیونکہ بچے خود ہدایت دیتے تھے۔

"ممی نے کہا ہے۔ ۱۱ بجے دوائی دیجئے گا۔"

"ممی نے کہا ہے۔ ۱۰ بجے وہ چاکلیٹ کھالینا جو اُنھوں نے دی ہے۔"

"ممی نے نہلا کر کپڑے بدلنے کے لئے کہا ہے۔"

بچے خود فرمائش کرتے، ایسے بچوں کی فوراً فرمائش پوری کرنی پڑتی تھی۔ نہ کرنے کی صورت میں وہ باپ سے شکایت کر دیتے، ماں باپ اُسے باتیں سناتے اور سسٹر روزی کو بھی شکایت کر دیتے اور اسے سسٹر روزی کی بھی باتیں سننی پڑتیں۔ ان تمام خوف اور ڈر سے بے نیاز کوئی تھا تو وہ سندھیا۔

ہر بچے سے وہ پوچھتی۔

"اے آج ٹفن میں کیا لایا رے؟"

اگر بچے کے ٹفن میں کوئی اچھی چیز رہتی تو وہ اسے خود کھا جاتی تھی۔ بچوں کے چاکلیٹ بسکٹ بھی آدھے سے زیادہ خود کھالیتی تھی۔ ذرا ذرا سی بات پر بچوں کو بری طرح مارتی تھی اور اُنھیں دھمکاتی بھی تھی۔ اگر اُنھوں نے اپنے ماں باپ سے شکایت کی تو کل اس سے زیادہ مار پڑے گی۔

اس دھمکی کے بعد بچے شکایت نہیں کرتے تھے۔ اگر کسی نے کچھ کہہ دیا اور اسے باتیں سننی پڑتی تھی تو دُوسرے دِن اس بچے کو اس بری طرح مارتی تھی کہ وہ دوبارہ ایسی

غلطی نہیں کرتا تھا۔

اُسے یہ سب اچھا نہیں لگتا تھا۔

اُس کی سوچ الگ تھی۔

اُسے ماں باپ کے دِلوں کا پتا تھا۔

ماں باپ اپنے بچوں کو ایک لمحہ کے لئے بھی کبھی جدا نہیں کرتے تھے۔ اگر وہ جدا کرتے بھی ہیں تو ان کی کوئی نہ کوئی مجبوری ہوتی ہے۔ جو ماں باپ اپنے بچوں کو ان کے پاس چھوڑ جاتے ہیں وہ سب مجبور ہیں۔ پیٹ کی خاطر، روزی، روٹی کی خاطر وہ اتنا بڑا پتھر اپنے دِل پر رکھتے ہیں۔

ایسے میں ان ماں باپ کے جذبات سے کیوں کھیلا جائے۔

سسٹر روزی ان بچوں کو سنبھالنے کے اسے پیسے دیتی ہے۔

پھر اپنے کام سے ایمانداری کیوں نہ برتی جائے۔ بے ایمانی برت کر کیا حاصل؟

اُس کی شادی نہیں ہوئی تھی۔

وہ ماں نہیں بنی تھی۔ لیکن ان ۳۰ بچوں کو سنبھالتے ہوئے کب وہ ان ۳۰ بچوں کی ماں بن گئی تھی اسے بھی پتہ نہیں چل سکا تھا۔

(۲) یہ کیسی بے وفائی ہے

ڈاکٹر بلند اقبال

'اللہ مارے تمھارے ابا پرائی عورتوں کے بہت شوقین تھے، جہاں کوئی لال پیلی چھپن چُھری دیکھی، چل پڑے پیچھے پیچھے، پھر نہ گھر کا پتہ نہ باہر کا، میں کہے دے رہی ہوں ذرا نظر دبا کر رکھیو، یہ مرد ذات بڑی بے وفا ہوئے ہے، شادی کے کچھ سال تو ہر کوئی دُم دبا کہ چلے ہے پر جہاں دو چار لونڈے لونڈیاں ہوئے وہی آس پاس کی عورتوں کو دیکھ کہ دُم کھڑی کر لی'۔۔۔

ادھر اماں جی تو جو منہ میں آئے بکے جا رہی تھیں پر عفت بی بی گھٹنوں گھٹنوں شرم سے پانی ہوئے جا رہی تھی، وہ کبھی دوپٹہ سر پہ پھیلاتی تو کبھی سینے پہ کھینچ لیتی، جب اور برداشت نہ ہوا تو گھاگرا سنبھالا، کھڑاؤں میں پاؤں گھسایا اور گھسر گھسر کرتی ہوئی رسوئی میں جا کر لکڑی کے تختے پہ گھٹنوں کے بیچ سر دے کر بیٹھ گئی، پر اماں جی بھی کب چُپ ہو کر بیٹھنے والی تھیں۔۔۔

اری نوج ماری شرما کیا رہی ہے، یہ بات دھیان میں رکھ لے ورنہ پھر بعد میں پچھتاوے گی'۔۔۔

'اونہہ اماں جی بھی تو بس، اب جب بیاہ میں صرف چار دن ہی رہ گئے ہیں تو ایسے وقت یہ بک بک جھک جھک، جب دیکھو بس یہی راگ الاپے جا رہی ہیں، نہ جانے ابا نے اماں جی کو کیسے کیسے دھوکے دیے کہ اُنہیں ساری دنیا کے مرد بس ایک جیسے ہی لگے ہیں'۔

عفت نے بے زارگی سے سوچا۔ اونہہ۔۔ اچانک ہی اُسے اپنے ہونے والے میاں کا

خیال آگیا۔۔'میرے منان ایسے تھوڑی ہونگے جیسے ابا تھے۔ وہ اور مردوں کی طرح ہر طرف آنکھیں مٹکانے والے نہیں ہونگے۔ وہ تو صرف میرے ہونگے۔ صرف میرے، مجھ سے تھوڑی بے وفائی کریں گے، وہ تو مجھ سے سچا پیار کریں گے'۔۔ یہ خیال آتے ہی عفت کو لگا جیسے اُس کے سارے بدن میں بجلیاں سی رینگنے لگی ہوں۔ اُس نے جلدی سے دوپٹے کے پلو سے پیشانی اور گردن کا پسینہ صاف کیا اور سامنے چولہے پہ چڑھی دیگچی کے ڈھکن کو سرکا کر بھاپ کو نکلتے دیکھنے لگی۔

اور پھر یہی ہوا، شادی کی رات منان نے جو اُسے دیکھا تو عفت کو ایسا لگا کہ جیسے اُس کے دہکتے حُسن کو دیکھ اُن کی سٹی ہی گم ہوگئی ہو، ایسے کانپتے ہاتھوں سے اُسے ہاتھ لگایا جیسے وہ موم کی گڑیا ہو، ہاتھ لگے اور پگھل جائے۔ اماں جی کے پیدا کردہ سارے اندیشے بس ہوائی ثابت ہوئے۔ منان تو سر سے پاؤں تک سچے من سے اُسے چاہتے تھے۔ کتنا بڑا تو کاروبار تھا، دن رات کا دفتری عورتوں میں اُٹھنا بیٹھنا، مگر مجال ہے جو خاندانی رکھ رکھاؤ میں کوئی فرق آنے دیں، پوری متانت سے لوگوں سے ملتے، کبھی ضرورت سے زیادہ میل جول نہ بڑھاتے، ہر چیز کا وقت پہ دھیان رکھتے، خود عفت کا تو چھوٹی چھوٹی باتوں کا خیال کرتے، کپڑے لتے زیور بس زبان ہلنے کی دیر ہوتی اور انبار لگ جاتا۔ جو دھن برس رہا تھا وہ اُس پر روپ بن کر چمکتا، بس دلہن ہی بنی رہتی، شادی کو دو سال ہوگئے مگر اولاد اب تک نہ ہوئی تھی پر مجال ہے جو منان شکایت کا کوئی لفظ بھی زبان پہ لائے ہوں، پورے خاندانی وقار سے رہتے تھے، نہ تو کبھی پریشانی کا اظہار کرتے اور نہ ہی کبھی اپنے روزمرہ کے معمولات میں فرق آنے دیتے، وہ تو اُس کو اب بھی ایسے ہی چھوتے تھے کہ جیسے وہ پہلے ہی دن کی دلہن ہو، ہاتھ لگے اور میلی ہو جائے۔ اُن کے دن رات ویسے ہی تو تھے جو شادی سے پہلے تھے، صبح ہوتی اور دفتر چلے جاتے، شام پانچ بجتے ہی گھڑی کی چڑیا جو پانچ

بار کو کو کرتی ٹھیک اُسی وقت منان کی موٹر کی ہارن کی آواز پی پی کرتی گھر میں گھُستی، شام کی چائے وہ بلاناغہ عفت کے ساتھ پیتے پھر اُن کے بچپن کے دوست شرافت بھائی آجاتے اور دونوں میں کیرم کی بازی لگ جاتی۔

شرافت بھائی ہی تو منان کے اکلوتے دوست تھے، بچپن کا یارانہ تھا، دونوں میں گاڑھی چھنتی تھی۔ پڑوس میں ہی رہتے تھے، ماں باپ مر چکے تھے، منان ایک بار کہہ رہے تھے کبھی نوجوانی میں جو کسی نے دل توڑ دیا تو پھر شادی ہی نہیں کی۔ اُن کے گھر دن رات کا آنا جانا تھا، خود عفت کی زبان شرافت بھائی کہتے نہ تھکتی تھی۔ شرافت بھائی بھی نام کی طرح بے انتہا شریف، منان کے بچپن کے دوست ہونے کے باوجود مجال ہے جو کبھی عفت سے نظر ملا کر بھی بات کی ہو۔ شکل پہ بھول پن برستا تھا، بس لے دے کر ایک اُن کی گھنی مونچھیں تھیں جو اُن کے چہرے پہ کچھ اجنبی سی لگتی تھیں، جب بھی ہنستے تو کچھ عجیب طرح سے منہ کو سُکیڑتے کہ لگتا جیسے ہونٹ خود مونچھ بن گئے ہو۔ عفت کو اُن کو ہنستا دیکھ کر بڑی ہی اُلجھن ہوتی تھی۔

اُس رات بجلی کڑاکے سے گرج رہی تھی، منان دفتر سے آئے، عفت کے ساتھ چائے پی اور پھر شرافت بھائی کے گھر کیرم کی بازی جمانے چلے گئے۔ عفت کو نہ جانے کیوں صبح ہی سے عجیب عجیب سے ہول سے اُٹھ رہے تھے، کئی بار سوچا آج منان کو گھر پہ ہی روک لیں، بچپن ہی سے اُس کا بجلی کے کڑاکوں سے دل دہلنے لگتا تھا۔ دو سے جب تین گھنٹے ہو گئے تو چھاتا لیا اور شرافت بھائی کے گھر کے لیے نکل کھڑی ہوئی، گیٹ بجانے سے پہلے ہی کیا دیکھتی ہے کہ محلے کے دو چار بچے ایک دوسرے کے کندھوں پہ چڑھے، شرافت بھائی کے کمرے کی کھڑکی سے کمرے کے اندر جمی کیرم کی بازی دیکھنے میں مگن تھے، اُس کو اچانک دیکھا تو ایک دوسرے کے پیچھے کودتے پھلانگتے ہوئے بھاگ گئے۔

اُس نے جو پیروں کے بل کھڑے ہو کر کمرے میں جھانکا تو آنکھیں پھٹی کی پھٹی رہ گئیں۔

شرافت بھائی اور منان کچھ اس طرح سے ایک دوسرے میں مشغول تھے کہ کیا کوئی نو بیاہتا شادی شدہ جوڑا آپس میں مصروف ہو۔۔۔ اُسے ایسا لگا کہ جیسے آسمان کی ساری ہی گرجتی ہوئی بجلیاں اُس پہ ایک ساتھ گر رہی ہوں اور ہر کڑکڑاہٹ میں اماں جی کی آواز گونج رہی ہو۔۔'یہ مرد ذات بڑی بے وفا ہوئے ہے'۔۔

ہائے اماں جی۔۔ مگر یہ کیا۔۔ اچانک عفت کے منہ سے نکلا۔۔ یہ کیسی بے وفائی ہے؟

(۳) منت کشِ بے رخی

جلیل حیدر لاشاری

جب بھی وہ کسی ویگن یا بس میں بیٹھتا ایک بات ضرور سوچا کرتا تھا کہ اگر وہ اس گاڑی کی اس سیٹ پر نہ بیٹھا ہوتا تو اور کون اس پر بیٹھا ہوتا؟ وہ اس خیال کو بہت فضول سمجھتا تھا لیکن وہ اب تک اس خیال سے پیچھا نہیں چھڑا سکا تھا، پتہ نہیں کیوں؟ آج بھی جب وہ لاہور جانے کے لیے مسافر کوچ میں بیٹھا تو اسے یہ خیال ایک بار پھر آیا۔ وہ زیرِ لب مسکرایا اور اس خیال کو جھٹک کر کوئی اور بات سوچنے لگ گیا۔ وہ کافی عرصہ بعد ایک بڑے شہر جا رہا تھا۔ وہ اب بھی نہ جاتا اگر اُس کے دوست اور چاہنے والے اسے پُر زور اصرار کر کے نہ بلاتے۔ وہ شاعر ہی ایسا غضب کا تھا کہ ہر کوئی اس سے بات کرنا، اسے دوست بنانا یا کم از کم اسے دیکھنا ضرور چاہتا تھا۔ اس کے دوسرے شعری مجموعے نے تو دنیائے شعر و ادب میں دھوم مچا کے رکھ دی تھی۔ مشاعروں میں اسے بطورِ خاص بلا کر پہروں اس کا کلام سنا جاتا اور ڈھیروں داد دی جاتی۔ شاعری کی دیوی اس پر کیسے مہربان ہو گئی اسے خود بھی پتہ نہیں تھا۔ ایک بڑے شہر کی ادبی تنظیموں نے بطور خاص اسے بلایا اور اس کے ساتھ شام منانے کا پروگرام بنایا تھا۔ مشاعروں میں تو وہ عام طور پر چلا جاتا تھا مگر شاعر کے ساتھ شام منانے والی تقریبوں سے وہ پتہ نہیں کیوں کتراتا تھا۔ وہ کافی دیر تک تو انہیں ٹالتا رہا لیکن دوستوں کے بے حد اصرار پر وہ بڑے شہر کو روانہ ہو گیا۔

وہ گاڑی میں عام طور پر کھڑکی والی سائیڈ پر بیٹھتا تھا اور آج بھی کوچ میں وہ سائیڈ

والی سیٹ پر بیٹھا تھا اور باہر کا منظر جو بس کی سپیڈ کے ساتھ بڑی تیزی سے بدل رہا تھا، دیکھے جا رہا تھا۔ سڑک کنارے درخت بڑی تیزی سے گزر رہے تھے اور کچھ فاصلے پر موجود درخت نسبتاً آہستگی سے منظر سے غائب ہو رہے تھے۔ اس نے یہ منظر پہلے بھی سفر کے دوران کئی دفعہ دیکھا تھا لیکن اس دفعہ وہ یہ منظر دیکھ کر پتہ نہیں کیوں چونکا تھا۔ اسے لگا اس کے قریب رہنے والے لوگ جتنی تیزی سے اس کے قریب آتے ہیں اتنی تیزی سے اس سے دور چلے جاتے ہیں جبکہ دور اور دیر سے آنے والے لوگ دیر تک اس کے ساتھ چلتے رہتے ہیں۔ یہ خیال سیکنڈ کے ہزارویں حصے میں اچانک اس کے ذہن میں کوندا، اور اس کا ذہن ایک نیا اور اچھوتا خیال پا کر شادمان سا ہو گیا اس نے سوچا اس خیال کو کسی شعر یا نظم میں باندھا جا سکتا ہے ابھی وہ یہ بات سوچ ہی رہا تھا کہ اسکے موبائل فون کی گھنٹی بجی۔ "یہ موبائل فون بھی عجیب بلا ہے سارے خیال کا بیڑا غرق کر دیتا ہے" وہ بڑبڑایا۔

"بس آدھے گھنٹے تک لاری اڈے پہنچ جاؤں گا"

اسے یاد آیا جب موبائل فون نہیں آیا تھا اور اس کی یادداشت بھی کافی بہتر تھی تو سفر کے دوران ہی کوئی غزل یا نظم ہو جاتی تھی جسے وہ سفر کے بعد لکھ لیا کرتا تھا۔ اب تو اگر آپ کا موبائل نہیں بھی بجتا تو دوسروں کے موبائل بج بج کے آپ کی ساری یکسوئی ختم کر دیتے ہیں۔

لاری اڈا پہنچنے پر ایک چمکتی بڑی سفید کار اس کی منتظر تھی جو اسے سیدھا اس تقریب میں لے گئی جہاں اس کا بڑی بے چینی سے انتظار ہو رہا تھا۔ اس کی آمد پر ہال تالیوں سے گونج اُٹھا اور دیر تک حاضرینِ مجلس کھڑے ہو کر تالیاں بجاتے رہے۔ لوگوں کا جوش خروش اتنا تھا کہ اُسے ایک عوامی لیڈر کی طرح ہاتھ ہلا کر تالیوں کا جواب دینا پڑا تھا۔ جب تک وہ اپنے اعزاز میں سجی کرسی پر نہیں بیٹھا، ہال تالیوں سے گونجتا رہا تھا۔ اس کے بیٹھنے

پر سٹیج سیکرٹری نے اس سے اجازت لے کر تقریب کا باقاعدہ آغاز کر دیا۔ اس کے فن اور شخصیت پر کئی معروف نقادوں نے مقالے پڑھے۔ اور ایسے ایسے اس کی شاعری اور شخصیت کے گوشے عیاں کیے جن سے وہ خود بھی بے خبر تھا۔ اسے وہاں بیٹھے بیٹھے یوں لگا جیسے اس کے اندر نہایت محترم اور قابلِ احترام روح حلول کر گئی ہے۔ اسے اپنا یہ نیا روپ کافی بھلا لگا تھا۔ وہ خوشی اور سرشاری سے جھوم اُٹھا تھا۔ اعلیٰ قسم کے ساؤنڈ سسٹم نے اس کی شان میں کہے گئے الفاظ کو اور زیادہ محترم اور معتبر بنا دیا تھا۔

پتہ نہیں کہاں سے اُڑتی ہوئی خواہش اچانک اس کے دل میں آ دھمکی کہ کاش وہ جانِ غزل جس نے محض اس کی غربت کی وجہ سے اسے ٹھکرا کر اپنے سے دگنی عمر کے ایک امیر جاگیر دار سے شادی کر لی، اپنے عاشق کی شان میں سجی اس محفل میں موجود ہوتی تو اسے اپنے عجلت میں کیے گئے فیصلے پر کتنی ندامت ہوتی لیکن دوسرے لمحے اسے خیال آیا الفاظ جتنے بھی محترم اور معتبر ہوں بھوکا پیٹ تو نہیں بھر سکتے۔

مقالہ جات کا سلسلہ ختم ہوا تو کلامِ شاعر بزبانِ شاعر کی فرمائش ہوئی۔ ایک غزل، دوسری غزل، ایک نظم پھر دوسری، تیسری۔۔۔۔ پتہ نہیں وہ اپنی کتنی نظمیں اور غزلیں سنا چکا لیکن حاضرین کی فرمائشیں ہی ختم ہونے کو نہیں آ رہی تھیں۔ آخر اسے کہنا پڑا کہ رات کافی ہو گئی ہے دھند بھی کافی ہے اور اس نے واپس اپنے گاؤں بھی جانا ہے۔ منتظمین میں سے کسی نے کہا آپ فکر نہ کریں آج کی رات آپ ہمارے مہمان ہیں۔ اس نے دو چار اور غزلیں سنائیں آخر اُسے خود ہی کہنا پڑا اب آخری غزل ہے اس کے بعد محفل برخاست۔ بالآخر محفل برخاست ہو گئی۔ اس کے گرد آٹو گراف لینے والوں کا ہجوم اکٹھا ہو گیا لیکن آہستہ آہستہ ہجوم کم ہونے لگا اور سب ایک ایک کر کے جانے لگے۔ آخر میں اس کے کچھ قریبی دوست رہ گئے۔ اس نے پوچھا وہ صاحب کدھر ہیں جس نے کہا تھا

کہ وہ ان کے مہمان ہوں گے۔ سارے ایک دوسرے کا منہ دیکھنے لگ گئے جیسے کہہ رہے ہوں انہوں نے تو نہیں کہا۔ آخر اس کو اپنے انتہائی قریبی دوست سے بڑے مان سے کہنا پڑا " اچھا یار مَیں آج رات تمہارا مہمان "دوست نے نظریں ملائے بغیر کہا" یار بات دراصل یہ ہے کہ میرے گاؤں کے رشتہ داروں نے میرے گھر کو سرائے سمجھ رکھا ہے، کسی کو کانٹا بھی چبھ جائے تو وہ فوراً میرے گھر پہنچ جاتا ہے۔ آج بھی گھر میں اتنے لوگ آئے ہیں کہ میں سوچ رہا ہوں کسی کا مہمان ہو جاؤں"

اس نے مجبوراً دوسرے دوست کی طرف دیکھا تو گویا اس نے پہلے سے ہی تیاری کر رکھی تھی "میری بیگم کو تو تم جانتے ہو، نری طالبان ہے، مجھ سے زیادہ وہ اپنے گھر میں غیر مردوں کے داخلے کو انتہائی ناپسند کرتی ہے۔ پچھلے دنوں غلطی سے مَیں ایک دوست کو گھر چائے کی دعوت دے بیٹھا اس کے بعد جو میرا حشر ہوا وہ مَیں اور میرا خدا ہی جانتا ہے"

تیسرے دوست کی طرف رجوع کرنے سے پہلے ہی اس نے اعلان کر دیا کہ وہ ہوٹل میں رہے گا۔ اس کے اس اعلان نے اس کے دوستوں میں گویا نئی روح پھونک دی تھی اور ان کے چہروں سے مسرت چھپائے نہیں چھپتی تھی!!

اس کے وہم و گمان میں بھی نہیں تھا ہوٹلوں کے کرائے اتنے بڑھ گئے ہوں گے۔ اس کی جیب میں جتنے پیسے تھے اس سے تقریباً دوگنا کرایے تھے۔ تین چار ہوٹلیں پھرنے کے بعد ایک ایسے ہوٹل میں کمرہ مل گیا جس کا کرایہ ادا کرنے کے بعد واپسی کا کرایہ بھی بچتا تھا۔ رات کافی گزر گئی تھی اور سردی بھی کافی تھی۔ بستر اور کمبل بھی بس واجبی سے تھے۔ نیند اس سے کوسوں دور تھی۔ وہ سگریٹ پہ سگریٹ پیے جا رہا تھا۔ اس کے انتہائی قریبی دوستوں کے اس رویے نے اسے بہت دُکھ پہنچایا تھا۔ اس کے ذہن میں بار بار سڑک کے کنارے تیزی سے بھاگتے درخت گھوم رہے تھے۔ اسے اچانک لگا کہ یہ

درخت تو استعارہ ہیں ان قریبی دوستوں کا جو بہت تیزی سے قریب آتے ہیں اور اس سے زیادہ تیزی سے آنکھوں سے او جھل ہو جاتے ہیں۔ اس کا ذہن تیزی سے ایک نظم کا تانا بانا بننے میں مصروف ہو گیا۔ اس نے کمرے میں ادھر، اُدھر دیکھا۔ پھر اپنی جیب میں ہاتھ ڈالا لیکن اسے کوئی کاغذ کا ٹکڑا نہیں ملا جس پر وہ تیزی سے ذہن میں اترتی نظم لکھ سکتا۔ موبائل پر اسے لکھنا آتا نہیں تھا اور کاغذ مل نہیں رہا تھا اور سرعتِ تخلیق کا یہ عالم تھا کہ مصرعے بہتے پانی کی روانی کی طرح چلے آرہے تھے کہ اچانک دروازے پر دستک ہوئی۔

"دروازہ کھُلا ہے، تشریف لائیے"

دوسری طرف سے ہوٹل کا کوئی ملازم تھا

"میٹرس (Mattress) چاہیے ؟"

وہ حیرت سے ملازم کو دیکھنے لگا کہ اس کا بستر بھی لگا ہوا ہے اور وہ ہے بھی اکیلا پھر پتہ نہیں وہ کیوں میٹرس کا پوچھ رہا ہے

"نہیں بھئی میٹرس نہیں چاہیے، دیکھ نہیں رہے مَیں اکیلا ہوں"

"اسی لیے تو پوچھ رہا ہوں کہ میٹرس چاہیے" اس نے ایک ایک لفظ کو چبا چبا کر بڑے معنی خیز انداز میں کہا

"نہیں بھئی مجھے میٹرس نہیں کوئی سفید کاغذ کے ایک دو پرت ہیں تو دے دو"

"نہیں صاحب سفید کاغذ اس وقت کہاں ؟ منیجر صاحب صبح آئیں گے، ان کے پاس کاغذ وغیرہ ہوتے ہیں" وہ کندھے اُچکاتے کمرے سے نکل گیا۔

اس نے سگریٹ کی ڈبیا سے باقی سگریٹ نکالے اور ڈبیا کو پھاڑ کر اس کے اندر والے صفحے پر باریک لفظوں میں نظم لکھنا شروع کر دی۔ وہ سگریٹ کے کش پہ کش بھی لگائے جا رہا تھا اور ذہن پہ اترتے مصرعے اپنے گھٹنے پر رکھے سگریٹ کی ڈبیا کے کاغذ پر منتقل کیے جا

رہا تھا۔ کاغذ ختم ہو گیا لیکن مصرعوں کا طوفان ابھی تھما نہیں تھا۔ اس نے بیگ سے نئی سگریٹ کی ڈبیا اور نکالی اس میں سے سگریٹ نکال کر اس کے کاغذ پر لکھنا شروع کر دیا۔ اب آخری مصرعہ بھی ہوا اور کاغذ پر لکھنے کی جگہ بھی ختم ہو گئی۔ اس نے آخری مصرعہ بائیں ہاتھ پر لکھا اور شانت ہو کر بستر پر سیدھا لیٹ گیا۔ اسے تصور میں تیزی سے دوڑتے ہوئے درخت اور تیزی سے دوڑتے ہوئے محسوس ہونے لگے۔ لکھی ہوئی نظم کو دوبارہ پڑھا تو وہ حیران رہ گیا کوئی مصرعہ بھی وزن سے خارج نہیں تھا۔ ایک دو مصرعوں میں ایک دو الفاظ کی تبدیلی کے ساتھ نظم مکمل ہو گئی۔ اس کے اندر کا نقاد جو بہت ظالم تھا، پہلے کبھی اتنی جلدی مطمئن نہیں ہوا تھا۔ وہ دوستوں کا ممنون تھا کہ ان کی بے رخی نے اس سے ایسی شاندار نظم لکھوائی۔ دوستوں کی بے رخی، جاڑے کا رتجگا اور بے تحاشا تھکاوٹ کی سب تلخیاں بھول کر اپنی نئی تخلیق پر وہ اتنا خوش تھا کہ شاید ہی وہ اپنی زندگی میں اتنا کبھی خوش ہوا ہو!!

(۴) نملوس کا گناہ

شموئل احمد

نملوس آبنوس کا کندہ تھا۔ اس پر ستارہ زحل کا اثر تھا۔ حلیمہ چاند کا ٹکڑا تھی اور جیسے زہرہ کی زائدہ تھی۔

نملوس کے ہونٹ موٹے اور خشک تھے۔ حلیمہ کے ہونٹ ایک ذرا دبیز تھے۔ ان میں شفق کی لالی تھی اور رخسار پر اگتے سورج کا غازہ تھا۔ نملوس کے دانت بے ہنگم تھے، بال چھوٹے اور کھڑے کھڑے سے اور سر کٹورے کی طرح گول تھا۔ ایسا لگتا بال سر پر نہیں اگے کٹورے پر رکھ کر جمائے گئے ہیں۔ حلیمہ کے بال کمر تک آتے تھے۔ ان میں کالی گھٹاؤں کا گذر تھا۔ دانت سفید اور ہم سطح تھے جیسے شبنم کی بوندیں سیپ سے ہو کر دانتوں کی جگہ آراستہ ہو گئی تھیں۔ نملوس کی آنکھیں چھوٹی تھیں اور پلکیں بھاری تھیں۔ اس کی آنکھیں کھلی بھی رہتیں تو بند بند سی لگتی تھیں۔ حلیمہ کی آنکھیں شگفتہ تھیں۔ ان میں دھوپ کا بہت سا اجالا تھا۔ اور حکم اللہ حیران تھا کہ اس کا کالا بھجنگ بیٹا کس کوہ قاف سے گذرا کہ حسن بے نظیر سے پہلو گیر ہوا۔

زحل اپنی رنگت میں سیاہ ضرور ہے لیکن اس کا مثبت پہلو بھی ہے۔ زحل صابر بھی ہے شاکر بھی ہے یہ انسان کو درویش صفت بناتا ہے۔ نملوس جب پیدا ہوا تھا تو برج کواکب میں زحل اور قمر کا اتصال تھا اور ان پر مشتری کی سیدھی نظر تھی۔ مشتری کا تعلّق مذہب سے ہے اور قمر دل و دماغ ہے۔ نملوس کے دل میں قرب الٰہی کی تڑپ تھی۔ اس کا

دل شاکر تھا اور زبان ذاکر تھی۔۔ وہ قران پڑھتا تو رقّت طاری ہوتی تھی۔ نماز کے بعد چارو قل پڑھتا۔ اور جمع کی پہلی ساعت میں مسجد جاتا اور بزرگان دین کا قول دہراتا کہ جو پہلی ساعت میں مسجد گیا اس نے گویا ایک اونٹ کی قربانی دی۔

نملوس اپنے لیئے بس ایک ہی دعا مانگتا تھا۔

"یا خدا! جب تک مجھے زندہ رکھنا ہے مسکین کی حالت میں زندہ رکھنا۔

جب موت دے تو مسکین مارنا اور حشر کے دن مساکین کے ساتھ میرا حشر کرنا!"

جاننا چاہیئے کہ ہر آدمی کے لیئے ایک شیطان ہے۔

قلب انسانی بہ منزلہ ایک قلعہ کے ہے اور شیطان دشمن ہے کہ اس کے اندر گھس کر اس پر قبضہ کرنا چاہتا ہے۔ بعض اولیا سے منقول ہے کہ انہوں نے ابلیس سے پوچھا کہ آدمی کے دل پر تو کس وقت غالب ہوتا ہے تو اس نے جواب دیا کہ غضب اور خواہش نفسانی کے وقت اس کو دبالیتا ہوں۔ میں آنکھ میں رہتا ہوں اور جہاں جہاں خون پھرتا ہے وہاں وہاں میرا گذر ہے اور حرس و حسد میرے راستے ہیں جن پر چل کر میں ملعون اور شیطان الرجیم ہوا اور کبھی پیٹ بھر کھانا مت کھانا خواہ مال حلال طیّب ہی کیوں نہ ہو کہ پیٹ بھرنے سے شہوت کا زور ہوتا ہے اور شہوت میرا اہتھیار ہے۔

حکم اللہ راہو کا روپ تھا۔ رنگت سانولی تھی چہرہ لمبوترا تھا اور دانت نوکیلے تھے۔ نماز سے رغبت کم تھی۔ وہ اکثر جمع کی بھی نماز نہیں پڑھتا تھا۔ پیٹ بھر کھانا کھاتا تھا۔ ریشمی لباس پہنتا تھا۔ اس کی ایک چھوٹی سی پارچون کی دوکان تھی۔ اس نے نملوس کو کاروبار میں لگانا چاہا لیکن وہ جب مال تجارت سے بھی زکاۃ الگ کرنے لگا تو حکم اللہ نے چڑھ کر اسے دوکان سے الگ کر دیا تھا۔ نملوس مدرسہ شمس الہدیٰ میں مدرس ہو گیا تھا اور ذکر الٰہی میں مشغول رہتا تھا۔ حکم اللہ کی بیوی فوت کرچکی تھی۔ تب سے اس کی بے

راہروی بڑھ گئی تھی۔ وہ دیر رات گھر لوٹتا۔ اکثر اس کے منھ سے شراب کی بو آتی تھی۔

معلوم ہونا چاہیئے کہ احتساب تمام مسلمانوں پر واجب ہے۔ حسن بصری فرماتے ہیں کہ باپ کو نصیحت کرے تو جب باپ غصّہ کرے تو خاموش ہو جائے۔ لیکن باپ کو سخت بات کہنا مناسب نہیں ہے۔ مناسب یہی ہے کہ اس کی شراب پھینک دے اور ریشمی لباس پھاڑ دے۔ نملوس دبے لفظوں میں حکم اللہ سے مخاطب ہوتا۔ "ریشمی پہناوا مرد کے لیئے ممنوع ہے۔ حق تعالیٰ کو سفید لباس پسند ہے۔" حکم اللہ اسے نفرت سے گھورتا تو وہ خاموش ہو جاتا۔

جاننا چاہیئے کہ دلوں میں باطن کے اسرار پوشیدہ رہتے ہیں۔ علمائے دین کہتے ہیں کہ دل کا حال بھرے برتن کی طرح ہے کہ جب چھلکاؤ گے تو وہی نکلے گا جو اس میں بھرا ہے۔ راگ دلوں کے حق میں سچّی کسوٹی ہے۔ عشق سماع سے بڑھتا ہے۔ جو اللہ کے عاشق ہیں اور اس کے دیدار کے مشتاق ہیں کہ جس چیز پر نظر ڈالی اس میں نور پاک کا تبسّم دیکھا اور جو آواز سنی اس کو اسی کے باب میں جانا تو ایسے لوگوں کے حق میں راگ ان کے شوق کو ابھارتا ہے اور عشق و محبّت کو پختہ کرتا ہے۔

نملوس ہر سال بلند شاہ کے عرس میں ان کے آستانے پر جاتا تھا اور سمع میں شریک ہوتا تھا۔ اس کے دل پر سمع چقماق کا کام کرتا۔ اس پر وجد طاری ہوتا اور وہ میدان رونق میں دوڑا چلا جاتا۔ مکاشفات اور لطائف ظاہر ہوتے۔ لیکن اعضائے ظاہری میں کوئی حرکت نہیں ہوتی تھی۔ ضبط سے کام لیتا اور گردن نیچے کو ڈال لیتا جیسے گہری سوچ میں ڈوبا ہو۔

امسال بھی وہ عرس میں شامل ہوا تھا۔ اور وہاں کے پیش امام نے اسے وجد کی

کیفیت میں دیکھا۔ نملوس میں اسے ایک مومن نظر آیا۔ اس نے نملوس کا حسب نسب دریافت کیا اور اسے گھر کھانے پر بلایا۔ نملوس ہمیشہ کھانا نمک سے شروع کرتا تھا اور نمک پر ختم کرتا تھا اور آخیر میں کہتا تھا " الحمد للہ "۔ اس دوران وہ انبیا کے قصّے بھی سناتا۔۔ پیش امام کے ساتھ وہ دستر خوان پر بیٹھا تو اس نے حسب معمول پہلے نمک چکھا۔ کھانے کے دوران حدیث سنائی۔

" حضور صلیٰ اللہ علیہ وسلم کا ارشاد ہے کہ چند لوگ قیامت میں ایسے آئیں گے جن کے اعمال تھا یہ کے پہاڑوں کے مانند ہوں گے۔ ان سب کو دوزخ میں ڈال دیا جائے گا۔ لوگوں نے عرض کیا یا رسول اللہ کیا یہ لوگ نماز پڑھنے والے تھے؟ حضور نے فرمایا ہاں نماز پڑھتے تھے روزے رکھتے تھے اور رات کو بیدار رہتے تھے لیکن دنیا کے مال و متاع پر فریفتہ تھے۔"

کھانا ختم کر کے نملوس نے پھر نمک چکھا اور بولا " الحمد للہ "

پیش امام کی زبان سے برجستہ نکلا " جزاک اللہ! میاں تمہاری ماں نے تمہیں بسم اللہ پڑھ کر جنا ہے۔"

پیش امام نے اسی وقت فیصلہ کر لیا کہ اپنے جگر کے ٹکڑے کو نملوس کی جھولی میں ڈال دے گا۔ حلیمہ اکلوتی اولاد تھی اور جیسی صورت تھی ویسی سیرت بھی تھی۔ حلیمہ کے حسن کے بہت چرچے تھے۔ ہر کوئی اس کا طلب گار تھا لیکن حلیمہ اتنی متّقی اور پرہیز گار تھی کہ پیش امام اسے کسی ناہنجار کے سپرد نہیں کرنا چاہتا تھا۔ حلیمہ کے لیے اسے کسی مومن کی تلاش تھی اور یہ مومن اسے نملوس میں نظر آیا۔ اس نے اپنے ارادے ظاہر کیئے تو نملوس نے دبی زبان میں امام شافعی کا قول دہرایا کہ نکاح سے پہلے لڑکی دیکھ لینا واجب ہے۔ اس نے حلیمہ کو دیکھا اور خدا کا شکر بجالایا۔

پیش امام کو بہت عجلت تھی۔۔ اس ڈر سے کہ کوئی اس رشتے میں رکاوٹ نہ بن جائے۔ اس نے فوراً نکاح کی تجویز رکھی اور نملوس بھی راضی ہو گیا۔

نملوس حلیمہ کو لے کر گھر میں داخل ہوا تو حکم اللہ کو ادب سے سلام کرتے ہوئے گویا ہوا۔

" ابّا ! ایمان کے بعد نیک عورت سب سے بڑی نعمت ہوتی ہے۔ خدا نے مجھے اس نعمت سے نوازا۔ آستانہ فرقانیہ کے پیش امام صاحب نے اپنی دختر نیک اختر میرے حق زوجیت میں سونپی ہے۔"

اور حکم اللہ جیسے سکتے میں تھا۔ اس کی نگاہ حلیمہ پر جم سی گئی تھی۔ وہ یہ بھی نہیں پوچھ سکا کہ نکاح کب کیا؟ مجھے خبر کیوں نہ کی؟ وہ تو بس حیران تھا کہ اس کا کالا بجھنگ بیٹا کس کو ہ قاف سے۔۔۔۔۔

حلیمہ ڈر گئی۔۔۔۔۔ اس پر لرزہ سا طاری ہو گیا۔ اسے محسوس ہوا کہ حکم اللہ کی زبان لپلپا رہی ہے اور آنکھیں سانپ کی آنکھوں کی طرح ہیرے اگل رہی ہیں۔۔۔۔ حلیمہ بے ہوش ہو گئی۔

نملوس گھبرا گیا۔ اس نے حلیمہ کو گود میں اٹھایا اور بستر پر لایا۔ منھ پر پانی کے چھینٹے مارے۔ چارو قل پڑھا۔ درود شریف پڑھ کر دم کیا۔ حلیمہ کو ہوش آیا تو وہ نملوس سے لپٹ گئی۔

"میرے سر تاج۔۔۔۔ کہاں ہیں؟

" میں یہاں ہوں حلیمہ۔۔۔ تمہارے پاس۔۔۔ !" نملوس نے حلیمہ کے گال تھپتھپائے اور اسے اپنے سینے سے لگالیا۔

مجھے چھوڑ کر مت جایئے۔" حلیمہ کانپتی ہوئی اس کے سینے میں کسی بچّے کی طرح

سمٹ گئی۔

حکم اللہ کی طبیعت میں ہیجان تھا۔ وہ گھر سے باہر نکل گیا اور عثمان حلوائی کی دوکان پر آیا۔ عثمان سے اس کو رغبت تھی۔ اس کو سب حال سنایا۔ حلوائی پیش امام کو جانتا تھا۔ حلیمہ کے حسن کے بھی چرچے سنے تھے۔

"غریب کو حسین عورت نہیں سجتی ہے حکم اللہ۔ تمہارا بیٹا اپنے لیئے لعنت لے آیا۔

"

"حسن راجہ رجواڑوں کو سجتا ہے یا بالا خانے کی طوائفوں کو"

اور محلّے میں شور تھا۔۔۔ غریب کی جھولی میں زمرّد۔۔۔۔۔

اتنی حسین۔۔۔ اتنی۔۔۔؟

کوئی نقص ہو گا۔ ورنہ پیش امام اس کالے کلوٹے کے حوالے نہیں کر دیتا۔

اس کو مرگی کے دورے پڑتے ہیں۔ گھر آتے ہی بے ہوش ہو گئی۔

"ضرور پیٹ سے ہے۔"

محلّے کی عورتیں بھی جوق در جوق چلی آتی تھیں۔ منھ پر پلّو کھینچ کر کھسر پھسر کرتیں۔

"یہ حور پری۔۔۔ اور نملوس کو دیکھو۔۔۔۔۔ ہو۔۔ ہو۔۔۔ ہو۔۔۔؟"

"لنگور کے پہلو میں حور۔۔۔!

"کوئی نقص ہو گا بہن۔۔۔!"

۔۔۔پہلے سے پیٹ ہو گا۔ تب ہی تو امام نے نبٹارا کر دیا۔"

"عیب چھپتا ہے جی۔۔ اللہ سب ظاہر کر دے گا۔"

ہوں محلّے میں پہلے نملوس کی بد صورتی کے چرچے نہیں تھے۔ سبھی اس کی عزّت کرتے تھے اور اس کی پارسائی کا گن گان کرتے تھے۔ اب حلیمہ کے چرچے تھے اور

نملوس کے لیئے سب کی زبان پر ایک ہی بات تھی۔۔ ٹھگنا ہے۔۔۔۔ بھدّا۔۔۔ بد صورت۔۔۔۔ کالا پہاڑ۔۔۔۔۔

اور کالا پہاڑ چاندنی میں شرابور تھا۔۔۔۔۔ اور زہرہ کے پہلو سے پہلو سجاتا تھا۔۔۔۔ ہر دن عید تھا اور ہر رات شب برات تھی۔۔۔ نملوس حلیمہ سے کھیلتا اور حلیمہ نملوس سے کھیلتی۔ زحل کا زہرہ سے اتصال تھا۔۔۔۔ چوڑیوں کی کھنک تھی۔۔۔ مدھم مدھم قہقہے تھے۔۔۔۔۔ فضا میں نشہ تھا۔۔

بیویوں سے مزاح کرنا سنّت ہے۔ نملوس گھر میں لوڈو لے آیا تھا۔ دونوں خالی وقتوں میں لوڈو کھیلتے۔ پہلے سانپ اور سیڑھی کا کھیل کھیلتے تھے۔ حلیمہ سیڑھیاں چڑھتی تو خوش ہوتی اور سانپ کاٹتا تو ٹھنکتی اوں۔۔۔ اوں :۔۔۔ اوں۔۔ سانپ۔۔ سانپ۔ نملوس مسکراتا اور حلیمہ کو دلاسہ دیتا۔ " دیکھو۔۔ دیکھو۔۔۔ آگے سیڑھی ہے۔۔۔ پھر چلو سیڑھی پر چڑھ جاوگی۔

لیکن سانپ نملوس کو بھی کاٹتا تو وہ اسی طرح ٹھنکتی "اللہ جی۔۔۔ اپ کو بھی کاٹ لیا کمبخت نے۔۔۔ ؟" اور نملوس سے سٹ جاتی۔ وہ اپنے شانے پر حلیمہ کی چھاتیوں کا نرم لمس محسوس کرتا۔ اس کو حلیمہ کی یہ ادا اچھی لگتی۔ ایک بار ۹۸ پر نملوس پہنچ گیا تھا۔ ۲ نمبر لاتا تو گوٹی لال تھی۔۔ لیکن ایک نمبر آیا اور سانپ نے ۹۹ پر ڈس لیا وہ سیدھا ۵ پر پہنچ گیا۔ حلیمہ کے منھ سے چیخ نکلی۔ وہ نملوس سے لپٹ گئی۔

"میرے سرتاج۔۔۔"

نملوس نے بھی اسے بانہوں میں کس لیا اور اس کی مخملی پلکوں پر اپنے سیاہ موٹے ہونٹ ثبت کر دیئے۔

"کیوں ڈرتی ہو؟ جھوٹ موٹ کا تو سانپ ہے۔"

"مجھے یہ کھیل پسند نہیں ہے۔" حلیمہ اس کے بازوؤں میں کسمسائی۔

"اچھی بات ہے۔ دوسرا کھیل کھیلیں گے۔" نملوس اس کو بازوؤں میں لیئے رہا۔ حلیمہ بھی بانہوں میں سمٹی رہی۔۔ اور پلکوں پر ہونٹ ثبت رہے۔۔۔ اور نشہ چھاتا رہا۔۔۔ فضا گلابی ہوتی رہی۔

وہ چارو گوٹی سے ہوم ہوم کھیلنے لگے۔

سانپ والا کھیل انہوں نے بند کر دیا تھا۔ لیکن قدرت نہیں کرتی۔ وہ سانپ اور سیڑھی کا کھیل کھیلتی رہتی ہے۔ ہر سیڑھی کے مقدّر میں ایک سانپ ہے۔

حلیمہ کو موتی چور کے لڈّو بہت پسند تھے۔ نملوس جب بھی بازار جاتا موتی چور کے لڈّو لاتا۔ ایک ہی لڈّو سے دونوں کھاتے۔ حلیمہ ایک ٹکڑا نملوس کے منھ میں ڈالتی تو نملوس کہتا

"پہلے تم۔۔۔!"

"نہیں آپ۔۔۔!"

"نہیں تم۔۔۔!

"آپ سرتاج ہیں!"

"تم ملکہ ہو!"

حلیمہ کھکھلا کر ہنس دیتی۔ لیکن منھ پر ہاتھ بھی رکھ لیتی۔ نہیں چاہتی تھی ہنسی کی آواز دور تک جائے۔

حلیمہ حکم اللہ کے سامنے جلدی نہیں آتی تھی۔ حلیمہ کو اس کی آنکھوں سے ڈر لگتا تھا۔ کھانا میز پر کاڑھ کر الگ ہٹ جاتی۔ وہ پانی مانگتا تو نملوس پانی ڈھال کر دیتا تھا۔ کبھی کبھی اس کے منھ سے شراب کی بو آتی تھی۔ نملوس بھی چاہتا تھا کہ حلیمہ اس سے پردہ

کرے۔ نملوس جب گھر میں موجود نہیں رہتا تو حلیمہ خود کو کمرے میں بند رکھتی تھی۔ وہ کھڑکی تک نہیں کھولتی تھی۔ حکم اللہ کو احساس ہونے لگا تھا کہ گھر اب اس کا نہیں رہا۔ گھر نملوس کا ہے جس پر حلیمہ کی حکمرانی ہے اور وہ اپنے ہی گھر میں اجنبی ہوتا جا رہا ہے۔ جب نملوس کمرے میں موجود رہتا تو حکم اللہ ان کی نقل و حرکت جاننے کی کوشش کرتا۔ دروازے کی طرف تاکتا رہتا۔ دروازہ بند رہتا تو قریب جا کر ان کی گفتگو سننے کی کوشش کرتا۔

حضرت عیسیٰ علیہ السّلام نے فرمایا ہے کہ تاکنے سے بچتے رہو کہ اس سے شہوت کا بیج پیدا ہوتا ہے۔ حضرت یحیٰ علیہ السّلام سے کسی نے پوچھا کہ زنا کی ابتدا کہاں سے ہوتی ہے تو آپ نے فرمایا دیکھنا اور للچانا۔

گوتم رشی کی بیوی اہلیہ کو اندر دور سے دیکھتا تھا۔ آخر گوتم کا بھیس بدل کر ان کی کٹیا میں آیا۔ اہلیہ اندر کو رشی سمجھ کر ہم بستر ہوئی۔ رشی کو معلوم ہوا تو اہلیہ ان کے غیض و غضب کا شکار ہوئی۔ رشی نے اہلیہ کو پتھر بنا دیا۔

ایک دن اچانک حکم اللہ بدل گیا۔ ریشمی لباس پھاڑ ڈالے۔ گھر کا کونہ پکڑ لیا۔ گریہ کرنے لگا "یا اللہ میں گناہ گار ہوں۔ مجھے معاف کر۔۔۔ مجھے سیدھے رستے چلا۔۔۔"

اور نملوس نے دیکھا والد محترم مسجد جانے لگے ہیں۔ نملوس حیران ہوا۔

اور حکم اللہ گوشہ نشیں ہو گیا۔ کلام پاک کی تلاوت کرتا۔ پہلی ساعت میں مسجد جاتا۔ غسل سے پہلے تین بار وضو کرتا۔ پھر تین بار بائیں طرف پانی اچھلتا۔ تین بار دائیں طرف پانی اچھلتا۔ اور آخیر میں لا الہ پڑھتے ہوئے تین بار سر پر پانی اچھلتا۔

وہ اب سادہ لباس پہنتا تھا اور لوگ باگ حیرت سے دیکھتے تھے۔ ایک بار کسی نے ٹوک دیا۔

"آج کل پھٹے پرانے کپڑے میں نظر آتے ہو۔؟"

حکم اللہ نے برجستہ جواب دیا۔

"ایسے شخص کا لباس کیا دیکھتے ہو جو اس دنیا میں مسافر کی طرح آیا ہے اور جو اس کائنات کی رنگینیوں کو فانی اور وقتی تصّور کرتا ہے۔ جب والی دو جہاں اس دنیا میں مسافر کی طرح رہے اور کچھ مال و زر اکٹھا نہیں کیا تو میری کیا حیثیت اور حقیقت ہے۔"

حلیمہ کو اب حکم اللہ سے پہلے کی طرح خوف نہیں محسوس ہوتا تھا۔ وہ سامنے آنے لگی تھی۔ کھانا بھی کاڑھ کر دیتی اور نملوس کی خوشیوں کا ٹھکانہ نہیں تھا۔

راہو پیچھے کی طرف کھسکتا ہے۔۔۔۔ بہت آہستہ۔۔۔ چپکے چپکے۔۔۔ چاند سے اس کی دشمنی ہے۔ چاندنی اس سے دیکھی نہیں جاتی۔ جب شمس قمر کے عین مقابل ہوتا ہے تو چاندنی شباب پر ہوتی ہے۔ راھو ایسے میں اگر چاند کے قریب پہنچ گیا تو اس کو جبڑے میں کس لے گا اور چاند کو گہن لگا دے گا۔

وہ گھڑی آگئی تھی۔۔۔۔ قمر منزل شرطین سے گذر رہا تھا۔

نملوس جماعت کے ساتھ ذکر الٰہی میں دوسرے شہر کو چلا گیا۔

راھو اپنی چال چلتے ہوئے برج ثور کے آخری عشرے سے نکلا چاہتا تھا۔

حکم اللہ گھر سے باہر نکلا۔ عثمان کی دوکان سے موتی چور کے دو لڈّو لیئے جو اس نے خاص طور سے بنوائے تھے۔ شام کو گھر پہنچا۔ لڈّو حلیمہ کو دے کر نظریں جھکاتے ہوئے کہا "یہ نیاز کے لڈّو ہیں۔ کھانے کے ساتھ کھا لینا۔ انہیں باسی نہیں کھایا جاتا۔" اور پھر اپنے کمرے میں آیا اور زور زور سے تلاوت کرنے لگا۔ رات کھانے کے وقت باہر نکلا۔ نظر نیچی رکھی۔ حلیمہ نے کھانا کاڑھا۔ حکم اللہ نے خاموشی سے کھایا اور کمرے میں بند ہو گیا لیکن اس نے وہ کھڑکی کھلی رکھی جو حلیمہ کے کمرے کی طرف کھلتی تھی۔ تھوڑی دیر

بعد اس نے کھڑکی سے جھانک کر دیکھا۔ حلیمہ او سارے میں بیٹھی کھانا کھا رہی تھی۔ اس نے ایک لڈّو کھایا۔ پھر دوسرا بھی کھایا۔۔۔ لیکن پانی نہیں پی سکی۔ اس کو غش آ گیا۔ راہو شر طین کی منزل میں تھا۔۔۔

حلیمہ کو چھو کر دیکھا۔۔۔ وہ گہری گہری سانسیں لے رہی تھی۔۔ گود میں اٹھا کر بستر تک لایا۔۔۔ حلیمہ نے ایک بار آنکھیں کھولنے کی کوشش کی لیکن پپوٹے بھاری ہو رہے تھے۔۔۔

"پانی۔۔۔ پانی۔۔۔!" حلیمہ نے ہونٹوں پہ زبان پھیری۔۔۔۔ سہارا دے کر اٹھایا اور ہونٹوں سے پانی کا گلاس لگایا۔ حلیمہ نے پھر کچھ دیکھنے کی کوشش کی۔۔۔۔۔ لیکن آنکھیں کھلتیں اور بند ہو جاتیں۔۔۔ مزاحمت کی سکت نہیں تھی۔۔۔ راہو کے سائے گہرے ہو گئے۔۔۔۔ روئے زمیں پر سب سے بھدّا منظر چھا گیا۔۔۔۔

حکم اللہ نے صبح صبح مسجد پکڑ لی۔ اعتکاف میں بیٹھ گیا۔

نملوس گھر آیا تو حلیمہ بے سدھ پڑی تھی۔ جسم پر جگہ جگہ نیلے داغ تھے۔ حلیمہ کچھ بولتی نہیں تھی۔ وہ روتی بھی نہیں تھی۔ اس کی زبان گنگ تھی۔۔ نملوس گھبرا گیا۔ پڑوس کی عورتیں جمع ہو گئیں۔۔۔ حلیمہ پھر بھی چپ رہی۔ ایک عورت نے نملوس کی قسم دے کر پوچھا۔ حلیمہ کے سینے سے دل خراش چیخ نکلی اور وہ پھوٹ پھوٹ کر رو پڑی۔۔۔۔۔

جگ ظاہر ہو گیا۔۔۔

حکم اللہ تو عبادتی ہو گیا ہے۔۔۔

یہی چھنال ہے۔۔۔!

پنچائت ہوئی۔ قاضی نے فیصلہ سنایا۔

حلیمہ نملوس پر حرام قرار دی گئی۔۔۔۔

اور حکم اللہ۔۔۔؟

دو مومن گواہ چاہیئے۔۔۔۔ حکم اللہ کے لیئے ملک کا قانون سزا تجویز کرے گا۔۔۔!

نملوس کی آنکھوں میں گہری دھند تھی۔ وہ سجدے میں چلا گیا۔

"یا اللہ۔۔۔ میں نے ایسا کون سا گناہ کیا تھا کہ تو نے میری حلیمہ کو مجھ سے چھین لیا۔۔۔۔!"

نملوس کچھ دیر سجدے میں پڑا رہا۔۔۔ پھر جیسے کسی نے اس سے سر گوشی میں کچھ کہا اور نموس اٹھ کر کھڑا ہوا۔ اس کا چہرہ نور الٰہی سے چمک رہا تھا۔ اس نے با آواز بلند پنچائت سے خطاب کیا۔

"میں یہ فتویٰ ماننے سے انکار کرتا ہوں۔"

"یہ فتویٰ اسلامی ضوابط پر مبنی نہیں ہے۔ اس سے ذاتی بغض کی بو آتی ہے۔"

"پنچایت نے زانی کی سزا کیوں نہیں تجویز کی جب کہ اسلام میں زانی کی سزا سنگ ساری ہے؟"

" حلیمہ حرام کیوں ؟ وہ بے گناہ اور معصوم ہے۔ اس کو نشہ آور مٹھائی کھلا کر بے ہوش کر دیا گیا اور بے ہوشی کے عالم میں اس کے ساتھ زنا بالجبر کیا گیا۔ میں زانی کو ساری دنیا کی عورت پر حرام قرار دیتا ہوں اور ہر وہ بات ماننے سے انکار کرتا ہوں جو اسلامی روح سے بے بہرہ ہے۔"

پنچائت میں سراسیمگی چھاگئی۔

نملوس نے حلیمہ کا ہاتھ پکڑا اور بستی سے نکل گیا۔۔۔!

(۵) خانہ بدوش

ابن کنول

گذشتہ ستر سال سے بلال کی اذان کی آواز اس کے کانوں میں گونج رہی تھی اور اس آواز کے ساتھ وہ صلاۃ اور فلاح کی طرف دوڑ پڑتا تھا۔ پہلی اذان کی آواز اس نے اس وقت سنی تھی جب ماں کے بدن سے الگ ہو کر باپ کی گود میں آنکھیں کھولی تھیں۔ خدا کی وحدانیت، رسول کی شہادت اور فلاح کی جانب بڑھنے کا یہ پہلا سبق تھا اور اس سبق کو وہ ستر سال تک دہراتا رہا جس کے سبب اس کی پیشانی کے درمیان سیاہ نشان نمودار ہو گیا تھا اور اب اس پیشانی کے نشان نے عمر کے اس آخری پڑاؤ میں اس کے اندر یہ تڑپ پیدا کر دی تھی کہ وہ اس سمت کا سفر اختیار کر کے آخری فریضہ کو بھی ادا کر دے کہ جس کی جانب سجدہ کرتے کرتے اس کی پیشانی سیاہ ہو گئی تھی۔ اور جب اس ارادے کا اظہار اس نے اہل خانہ کے روبرو کیا تو سب بہت خوش ہوئے کہ وہ خاندان کا پہلا شخص تھا کہ جس نے بیت اللہ کا قصد کیا تھا۔ سب نے بخوشی اس کے لیے اسباب سفر مہیا کئے، سب خوش تھے، بہت خوش کہ بیت اللہ کی زیارت ہر ایک کو نصیب نہیں ہوتی۔ اس کے بیٹے، بیٹیوں اور بہوؤں نے اپنے ماں باپ کے لیے تمام ضروری اشیا فراہم کی تھیں کہ وہ جانتے تھے کہ اتنا طویل سفر ان کی زندگی کا پہلا سفر ہے۔ چاروں بیٹے خوف زدہ بھی تھے کہ انھیں اپنے والدین کی ضعیف العمری کا احساس تھا وہ سب اپنے بوڑھے ماں باپ کو اس طرح سمجھا رہے تھے جیسے وہ ان سے بہت بڑے ہو گئے ہوں۔ مشتاق بھائی اور فاطمہ بی بی سعادت

مند بچوں کی طرح ہر ایک کی بات سنتے تھے۔ اقبال جو سب سے بڑا بیٹا تھا کہتا:

"ابا اماں کو کہیں اکیلا مت جانے دیجئے گا اور اماں تم بھی ابا کا ہاتھ پکڑے رہنا۔ وہاں پچیس تیس لاکھ حاجیوں کی بھیڑ ہو گی۔"

ابراہیم کہتا:

"ہاں اگر خدانخواستہ بچھڑ گئیں تو ملنا مشکل ہو جائے گا۔"

سب سے چھوٹا بیٹا کہتا:

"ابا شیطان کے کنکریاں مارتے وقت بڑی بھیڑ ہوتی ہے، آپ لوگ بھیڑ میں نہیں جایئے گا۔ سنا ہے اس بھیڑ میں اگر کوئی گر جائے تو اٹھ نہیں پاتا، آپ رش کم ہونے کے بعد جایئے گا۔"

بیٹیوں اور بہوؤں نے سارا سامان پیک کر دیا تھا۔ اٹیچی میں کپڑے رکھتے ہوئے زینت کہہ رہی تھی:

"دیکھو ماں! آپ دونوں کے چھ چھ جوڑی کپڑے رکھ دیئے ہیں، وہاں زیادہ گندے تو ہوں گے نہیں، ویسے کپڑے دھونے کا صابن بھی رکھ دیا ہے۔ اور ہاں اماں جب مدینہ شریف جاؤ تو بالکل نئے کپڑے پہننا، روضہ پر جا کر ہمارا بھی سلام کہنا اور دعا کرنا کہ اللہ ہمیں بھی زیارت کی توفیق دے۔"

دوسری طرف سے عائشہ پکارتی:

"اماں میرے لئے بھی دعا کرنا۔ اور یہ دیکھو میں نے اس بیگ میں میٹھی پوریاں رکھ دی ہیں، ناشتہ میں کام آئیں گی، بسکٹ اور نمکین بھی اسی بیگ میں۔"

گھر کا ہر فرد تیاری میں لگا ہوا تھا رشتہ دار اور ملنے والے دعاؤں کی درخواست کے لئے مستقل آرہے تھے۔ بچے، بڑے سبھی خوش تھے۔ دعاؤں کی درخواست کے ساتھ

ان کی فرمائشیں بھی تھیں۔ کوئی کہتی:

"اماں میرے لئے اچھا سا برقعہ لایئے گا۔"

کسی کی فرمائش ہوتی:

"نانی میرا اسکارف نہیں بھولئے گا۔"

بچے معصوم لہجہ میں کہتے:

"دادا میاں میرے لئے اچھے نمبروں کی دعا کیجئے گا۔"

"دادی آپ میرے لئے دعا کیجئے گا کہ میرا حافظہ جلدی پورا ہو جائے۔"

دعاؤں کی درخواستیں اور معصوموں کی فرمائشیں مشتاق بھائی اور فاطمہ بی بی نے اپنے ڈائری میں لکھ لی تھیں۔ روانگی سے قبل انھوں نے اپنے سب بچوں کو پاس بلایا اور کہا :

"دیکھو اقبال تم سب سے بڑے ہو سب کا خیال رکھنا، کسی کو کوئی تکلیف نہ ہو۔ ہمارے آنے سے پہلے پورے گھر کی سفیدی کرا لینا، عید پر بھی نہیں ہو پائی تھی اور دیکھو اوپر کے کمرے کی چھت باقی رہ گئی ہے وہ پوری کرا لینا۔ گووند بھائی کے یہاں سے جو بھی سامان چاہیے منگوا لینا میں آکر حساب کر دوں گا۔"

"ہاں ابا آپ بے فکر ہو کر جایئے، میں سب کام پورا کرا لوں گا۔"

" اور ابراہیم تم پابندی سے دکان پر جانا، ذرا جلدی اٹھنے کی عادت ڈال لینا۔ صبح ہی صبح سب کو کام پر بھیجنا ہوتا ہے، تنخواہ سب کی وقت پر دے دینا، کرشنا اور اسماعیل خاں کے سو سو روپے پچھلے مہینے کے رہ گئے ہیں، وہ ضرور دے دینا ورنہ میرا حج بھی نہیں ہو گا۔ "

"جی ابا۔۔۔ آپ پریشان نہ ہویئے۔۔۔۔ اپنے سفر کی تیاری کیجئے۔"

مشتاق بھائی سب کو سب کام سمجھا رہے تھے کہ ان کا سفر چالیس دن کا تھا اور جب وہ اس مبارک سفر کے لیے ہوائی اڈے کے اندر داخل ہوئے تو خوشی اور غم کے آنسو لئے گلے مل کر سب نے رخصت کیا۔ خوشی تھی کہ بیت اللہ کی زیارت کے لئے جا رہے ہیں، غم تھا کہ بچھڑ رہے ہیں، سفر مبارک ہے لیکن دشوار ہے۔ عزیز و اقربا سے بچھڑ کر مشتاق بھائی کے منھ سے نکلا "لبّیک اللھم لبّیک" اب اس نے خود کو خدا کے سپرد کر دیا تھا۔ ایئر پورٹ کے احاطے میں جس وقت اس نے احرام باندھا تو موت یاد آ گئی۔ اس وقت بھی تو یہی دو سفید چادریں ہوں گی اسے لگا کہ جیسے سفر آخرت کے لئے روانہ ہو رہا ہے۔ یوں بھی ہوائی جہاز کے سفر اور حج کے مجمع کثیر سے وہ دونوں ہی خوف زدہ تھے۔ جس وقت ہوائی جہاز نے پرواز کی تو عازمین حج نے بیک زبان لبّیک کا نعرہ بلند کیا۔ لبیک کی گونج سے ان دونوں کا خوف جاتا رہا کہ اب وہ خدا کے راستے میں تھے۔۔۔۔۔۔ جہاز ہزاروں فٹ کی بلندی پر پرواز کر رہا تھا نیچے سمندر تھا مگر کسی کے دل میں خوف نہیں تھا۔ اس لئے کہ وہ سب بیت اللہ کی زیارت کی تڑپ دل میں لئے ہوئے تھے اور جب کسی کی زیارت کی تڑپ دل میں ہوتی ہے تو تمام خدشات رفع ہو جاتے ہیں۔

جدہ ایر پورٹ پر اتر کر مشتاق بھائی نے سجدۂ شکر ادا کیا اور حیرت و عقیدت سے وہاں کی زمین کو دیکھا اور یاد کیا کہ یہ وہ مقدس مقام ہے جہاں سے بوقت ہجرت رسول اکرم کا گزر ہوا تھا۔ نہ جانے کیوں اسی وقت اس نے سوچا رسول کو تو مدینہ مل گیا تھا، ہمارا مدینہ کہاں ہے کہ ہماری زمین بھی تو ہم پر تنگ ہوتی جا رہی ہے۔ اب وہ سب مضطرب تھے کہ جلد از جلد مکہ معظمہ پہنچ جائیں کہ ان کی منزل مقصود وہی تھی۔ تا حد نگاہ ریگستان اور پہاڑوں کو دیکھ کر وہ اپنے سفر کی آسانیاں اور رسول اکرمؐ کے سفر کی پریشانیوں کے بارے میں سوچ کر نمدیدہ ہوا۔ اسی لمحہ اس نے اس ریگستان میں گھوڑوں کے ٹاپوں کی

آوازیں محسوس کیں کہ جو قیصر و کسریٰ کے تخت کو روندتی چلی گئیں۔ دور سمندر کے کنارے اسے طارق بن زیاد کے جہازوں کے بادبان نظر آئے جن کے رخ اسپین کی جانب تھے۔ اسے اپنا قد بلند ہوتا ہوا محسوس ہوا۔۔۔ اور اسی افتخار کے عالم میں جب وہ دونوں سب کے ساتھ مکہ معظمہ میں داخل ہوئے تو چہار جانب دل و نگاہ نے گلہائے عقیدت بکھیر دیئے۔ تمام عالم کے مسلمانوں کا اتنا بڑا اجتماع دیکھ کر وہ اپنی بے بسی اور کسمپرسی کی حالت بھول گیا، کہ مکہ معظمہ کی زمین پر قدم رکھتے ہی اسے اس زمین سے اپنے رشتے کا احساس ہونے لگا۔ وہ اس زمین سے لپٹ جانا چاہتا تھا کہ صدیوں پہلے یہیں سے اس نے ہجرت کی تھی کہ رسول ﷺ کا حکم تھا کہ تمہاری اونٹنیوں کا رخ جس سمت کو ہے، چلے جاؤ کہ تمہیں تمام عالم میں امن و امان کا پیغام پہنچانا ہے۔

اب وہ بیت اللہ کے بالکل قریب تھے وہ دونوں سوچ رہے تھے کہ سب سے پہلے وہ اپنے بچوں کی خیر کی دعا مانگیں گے کہ وہ تو اپنی عمر گزار چکے۔ دعا کے لئے الفاظ ڈھونڈھتا ہوا وہ خانہ کعبہ کی جانب بڑھا اور جلال خداوندی دیکھ کر سب کچھ بھول گیا۔ ستر سال کے سجدوں کی حقیقت آج اس پر منکشف ہوئی۔

وہ بے اختیار سجدے میں گر پڑا، آج اس کا ایک سجدہ ستر سال کے سجدوں سے زیادہ اہم تھا اور اس سجدے میں اس نے سب کے لئے خیر کی دعا مانگیں۔ پھر اس نے خانہ کعبہ کا طواف کیا۔ فاطمہ بی بی بھی اس کے ساتھ تھی، فاطمہ کو اپنے بیٹوں کی باتیں یاد تھیں، اس نے اپنے شوہر کا ہاتھ چھوڑا نہیں تھا، بعد طواف کرنے کے وہ مقام ابراہیم تک پہنچے اور دو رکعت نماز ادا کی۔ پھر آب زمزم پی کر صفا و مردہ کی پہاڑیوں کی طرف چلے گئے۔ اب پہاڑیاں نہیں تھیں صرف نشان باقی تھے، انھیں بی بی ہاجرہ کی پانی کی تلاش یاد آئی، فاطمہ اپنے بچوں کو یاد کر کے افسردہ ہو گئی۔ مشتاق بھائی نے دلاسا دیا، اور پھر عمرہ کے

ارکان کی ادائیگی کے بعد اس نے سب سے پہلے اپنے گھر فون کر کے حال معلوم کیا، سب کچھ ٹھیک تھا ان کی آواز سن کر سب خوش ہوئے۔

اگلے روز انھیں مدینہ منورہ جانا تھا وہ دیکھنا چاہتا تھا کہ وہ کون سا مقدس شہر ہے جو مہاجرین کے لئے راستوں میں پلکیں بچھا دیتا ہے، وہ کون لوگ ہیں جو گھروں کے دروازے ان کے لئے کھول دیتے ہیں۔۔۔۔ تصویروں میں دیکھی ہوئی مسجد نبوی کو دیکھ کر وہ خود تصویر بن گیا، جمال نبیؐ ہر گوشے سے ٹپک رہا تھا۔۔۔ ایک بار پھر اس نے دست دعا بلند کئے اور گڑ گڑایا:

"اے رب العالمین تو مجھے بھی کوئی مدینہ دے دے۔"

مدینہ منورہ کے راستوں پر وہ برہنہ پا چلتا رہا کہ یہاں رسولؐ کے قدموں کے نشان باقی تھے۔ اسے تین سو تیرہ کی فتح یاد آئی، وہ سوچنے لگا کہ اس وقت وہ تین سو تیرہ کیوں فتح یاب ہوئے تھے اور آج۔۔۔۔۔

بعد چند روز کے مدینہ منورہ سے بادل نخواستہ آنکھوں میں آبشار لئے مکہ معظمہ آئے کہ فریضہ حج ادا کرنا تھا کہ جس کے لئے یہ سفر دور دراز اختیار کیا تھا۔۔۔۔۔۔

۔۔۔۔۔۔۔ اور پھر لاکھوں عازمین حج کا سفید پوش قافلہ فریضہ حج کی ادائیگی کے لئے منیٰ روانہ ہوا۔ منیٰ خیموں کا شہر ہے، پہاڑوں کے بیچ میں تا حد نگاہ خیمے نظر آرہے تھے۔ ان دونوں نے ایک خیمے میں اپنی چٹائیاں بچھائیں اور عبادت الٰہی میں مشغول ہو گئے۔ اگلے روز وہ قافلہ لبیک کی صدا بلند کرتا ہوا میدان عرفات میں پہنچ گیا۔ مستقبل کے اس میدان حشر میں وہ بہت رویا، دعائیں مانگیں اپنی سلامتی کے لئے، اپنے بچوں کی کامرانی کے لئے۔ وہ اپنے بچوں کا مستقبل تابناک دیکھنا چاہتا تھا۔ غروب آفتاب کے وقت عرفات سے مزدلفہ کے لئے روانہ ہوئے، مزدلفہ کے وسیع و عریض میدان میں پہنچ کر

پھر اس نے اپنی چٹائی بچھائی اور عبادت میں مشغول ہو گیا۔ اسے یاد آیا کہ یہ وہی میدان ہے جہاں ابرہہ کی فوج آکر ٹھہری تھی، جس کا ارادہ بیت اللہ کو ڈھانے کا تھا لیکن ابابیلوں نے اس قدر ان پر کنکریاں برسائیں کہ وہ بے دم بے جان ہو گئے۔۔۔۔۔۔ پوری رات اس میدان میں گزار کر مشتاق بھائی پھر اپنی چٹائی اٹھا کر سب کے ساتھ منیٰ میں اپنے خیمے کی طرف چل دئے، آج انھیں شیطان کو کنکریاں مارنے کی رسم ادا کرنی تھی وہ سوچنے لگا کہ ہر سال لاکھوں آدمیوں کے ہاتھوں سنگسار ہونے کے باوجود شیطان آج بھی کس طرح زندہ ہے۔ شاید شیطان ہمارے اندر سما گیا ہے۔۔۔۔۔۔ تمام ارکان حج کی ادائیگی کے بعد اسے ایسا لگا جیسے دوبارہ زندگی ملی ہے۔ احرام کی سفید چادریں اتار دی تھیں، جن سے کفن کا احساس ہو رہا تھا، اب ان دونوں کو اپنا گھر یاد آنے لگا تھا، وہ اپنی حیات نو کے ساتھ اپنے عزیز و اقربا کے درمیان جانا چاہتا تھا کہ جن سلامتی اور خوشحالی کی دعا اس نے خدا اور رسولؐ کے دربار میں مانگی تھی، اسے یقین تھا کہ اس کی دعا قبولیت کے مقام تک ضرور پہنچی ہو گی۔ اس نے حج کی روداد اپنے گھر والوں کو ٹیلی فون پر بتائی۔ وہ سب بھی ان سے ملنے کے لئے بے چین ہوئے، اقبال نے بتایا کہ گھر کی سفیدی ہو چکی ہے۔ اوپر کے کمرے کی چھت پڑ گئی ہے، کام اچھا چل رہا ہے، سب کچھ ٹھیک ٹھاک ہے۔

اب فاطمہ بی بی کو سب کی فرمائشیں یاد آئیں، اس نے اپنے بیٹے، بیٹیوں، بہوؤں اور ان کے بچوں کے لئے بہت سا سامان خریدا، وہ دونوں بہت خوش تھے کہ بہت جلد اپنے گھر پہنچ جائیں گے۔

۔۔۔۔۔۔ اور جب اس زمین سے رخصت کا وقت قریب آیا تو انھوں نے خدا اور رسولؐ سے اجازت چاہی، پھر اپنی نگاہوں میں تمام مناظر کو سمیٹ کر وطن کے لئے روانہ ہوئے۔ وہ دونوں جہاز کی بلندی سے بے نیاز محو گفتگو تھے۔

"ہمارے بچے ہمیں دیکھ کر کتنا خوش ہوں گے۔"

"ہاں۔۔۔ وہ سب ہی ہمارے منتظر ہوں گے، اقبال نے گھر کی سفیدی کرالی ہے۔ اوپر کا کمرہ بھی پورا ہو گیا ہے۔ اب مہمانوں کو پریشانی نہیں ہو گی۔ تم نے سب کے لئے تحفہ لے لئے ہیں نا؟"

"ہاں لے تو لئے ہیں، سب سے بڑا تحفہ تو زم زم اور کھجوریں ہیں۔"

"وہ تو ٹھیک ہے لیکن تمہارے بچے تو سب سے پہلے تمہارے سامان کی تلاشی لیں گے۔"

"اسی لئے تو میں نے سب کے لئے کچھ نہ کچھ لے لیا ہے۔ گھڑیاں تو اقبال، ابراہیم، نوشاد اور ندیم کی ہو گئیں، زینت، عائشہ اور رقیہ کے لئے برقعے لے لئے ہیں۔ امینہ نے اسکارف کے لئے کہا تھا عالیہ کے لئے بھی اسکارف لے لیا ہے۔ زید، سعد، یوسف تو اپنے کھلونے ہی دیکھ کر خوش ہو جائیں گے۔"

""اچھا سنو! احمد بھائی کو جانماز ضرور دینی ہے، انھوں نے ہم دونوں کے کپڑے بھی بنائے تھے اور دعوت بھی کی تھی۔"

"ہاں! ہاں! خاص خاص لوگوں کو تو جانمازیں دینی ہی ہیں۔"

جہاز مسلسل اپنا سفر طے کر رہا تھا، ان دونوں کو وقت کا احساس ہی نہیں تھا، فاطمہ پھر پوچھنے لگی:

"ہمارے آنے کی تاریخ تو ان لوگوں کو معلوم ہے نا۔"

"سارا کام ہی اقبال نے کرایا ہے۔ فون پر بات ہو جاتی تو اور بھی اچھا ہوتا لیکن ملا ہی نہیں، ایک حاجی کہہ رہے تھے کچھ جھگڑا ہو گیا ہے۔"

"یہ ٹیلی فون کو بھی ابھی خراب ہونا تھا۔۔ خدا کرے سب ٹھیک ٹھاک

ہو۔۔۔۔ویسے تو جب معلوم ہے تو سب ایئر پورٹ پر آ ہی جائیں گے۔"

انھیں چالیس دن پہلے کا ایئر پورٹ کا منظر یاد تھا۔ ایک ایک کا چہرہ ان کی نظروں میں گھوم گیا ایک بار پھر ان کے ہاتھوں میں ہار اور چہرے کی خوشیاں محسوس کر کے مشتاق بھائی اور فاطمہ خوش ہوئے۔۔۔۔ اور جب احمد آباد کی ایئر پورٹ پر جہاز اترا تو انھوں نے خدا کا شکریہ ادا کیا، وہ سب باہر آئے۔ منظر بدلا ہوا تھا، تمام حاجیوں میں عجیب سی خاموشی تھی، سب ایک دورے کو سوالیہ نگاہوں سے دیکھ رہے تھے، کوئی کسی کے استقبال کے لئے نہیں آیا تھا، کسی کے ہاتھوں میں ہار نہیں تھا، ایک سناٹا سا تھا، موت کا سا سناٹا۔۔۔۔ وہ سب حیران و پریشان تھے۔۔۔۔سب کی نگاہیں اپنے عزیزوں کو ڈھونڈ رہی تھیں۔ ایئر پورٹ فوج سے گھرا ہوا تھا، انھیں پولیس کی گاڑیوں میں بٹھا دیا گیا، وہ سب بے زبان سے ہو گئے تھے، انھیں اس نئے انداز کے استقبال کی امید نہ تھی۔ مشتاق بھائی نے فاطمہ کو حسرت و بے بسی کے عالم میں دیکھا، اس کی آنکھوں میں آب تھا اور زم زم کہنے والا کوئی نہ تھا، تمام راستے جلے ہوئے مکان و دکان، خون آلودہ سڑکیں اور دیواریں دیکھ کر خوف اور دہشت ان کے دلوں میں اتر آئی تھی۔ بار بار اس کا دل چاہا کہ پولیس والوں سے معلوم کرے کہ یہ سب کیا ہے؟ یہ کب ہوا؟ کس وجہ سے ہوا؟ لیکن اس نے اپنے اندر ہمت نہیں پائی۔ میدان عرفات کا اجتماع اور یہاں کی لاچاری اور بے بسی کا موازنہ کر کے اس کی آنکھیں چھلک آئیں۔ پولیس کی گاڑی مشتاق بھائی کے گھر کے پاس رکی لیکن گھر کہاں تھا۔۔۔۔ جلے ہوئے ٹوٹے ہوئے ملبے کا ایک ڈھیر تھا، وہ تو سفیدی کرایا ہوا نیا مکان ڈھونڈ رہے تھے لیکن یہ منظر دیکھ کر ان دونوں کی چیخیں حلق کے اندر ہی پھنس گئیں۔ انھیں اپنے بچوں کی آوازیں سنائی دینے لگیں

"ابا! اماں کو کہیں بھی اکیلا نہیں چھوڑیئے گا۔"

"اگر خدانخواستہ بچھڑ گئیں تو ملنا مشکل ہو جائے گا۔"

"آپ لوگ بھیڑ میں نہیں جایئے گا۔"

"اماں ہمارے لئے دعا کیجئے گا کہ اللہ ہمیں بھی زیارت کی توفیق دے۔"

"اماں میرے لئے اچھا سا برقعہ لایئے گا۔"

"نانی میرا اسکارف نہیں بھولئے گا"

وہ دونوں سکتے کے عالم میں تھے۔ بچوں کی آوازیں مسلسل گونج رہی تھیں۔

"میری گھڑی کہاں ہے؟"

"میرا برقعہ کہاں ہے؟"

"یہ اسکارف میں لوں گی"

"یہ کار زید کی ہے۔۔۔۔ ہوائی جہاز سعد کا ہے"

"پہلے سب کو کھجوریں کھلاؤ اور زم زم پلاؤ"

انھیں لگا جیسے ان کے سامان کی اٹیچی کھل گئی۔ گھڑیاں اور کھلونے ٹرک کے نیچے کچل گئے۔ برقعے اور اسکارف ہوا میں اچھل گئے۔ جانمازیں آگ میں گر پڑیں۔۔۔۔ آب زم زم سڑک پر بہنے لگا۔۔۔۔ کھجور کچرے کے ڈبے میں ڈال دی گئیں۔۔۔۔ وہ حیران و پریشان تھے کہ ایک سپاہی نے دوسرے سے کہا:

"ان کا تو گھر جل گیا۔ چلو کیمپ میں چھوڑ دیتے ہیں۔ کوئی گھر والا بچا ہو گا تو مل جائے گا"

دوسرے نے کہا:

"ہاں یہ ٹھیک ہے"

تیسرے نے کہا:

"اور حاجی جی کیا کیا مال لائے ہو۔۔۔ یہاں تو سب لٹ گیا۔۔۔ پھر جمع کرو۔۔۔"

چوتھے نے کہا:

"تم وہاں سے مال لاتے رہو۔۔۔ اور ہم۔۔۔۔"

چاروں ہنس دیئے۔ مشتاق بھائی کے چہرے پر کوئی تاثر نہیں تھا، پولیس کی گاڑی نے انھیں ایک کیمپ میں اتار دیا۔ اسے منیٰ کے خیمے یاد آئے، عرفات اور مزدلفہ کے بے سایہ میدان اس کی نظروں میں گھوم گئے لیکن منظر بدلا ہوا تھا، چاروں طرف آہ وبکا، بے سروسامانی، برہنہ پا، برہنہ سر خواتین کا ہجوم، بے کفن لاشیں، اس نے محسوس کیا کہ اب وہ ابرہہ کے نرغے میں ہے۔ اس نے آسمان کی طرف نگاہ اٹھائی۔ ابابیلوں کا دور دور تک پتہ نہیں تھا، اس لئے کہ وہ اب تین سو تیرہ میں سے نہیں تھا۔

(۶) مفت ہوئے بدنام

محمد احمد

پہلی بار جب یہ بات میڈیا پر نشر ہوئی تو میں بھی دہل کر رہ گیا کہ اب نہ جانے کیا ہو گا۔ مجھے تو یہ بھی خوف ہو گیا تھا کہ طفیل صاحب سارا معاملہ میرے ہی سر نہ تھوپ دیں۔ اُن سے بعید بھی نہیں تھی بعد میں شاید وہ مجھ سے اکیلے میں معافی مانگ لیتے لیکن تب تک ہونی ہو چکی ہوتی۔

طفیل صاحب ٹیکنیکل بورڈ میں اسسٹنٹ کنٹرولر ایگزیمینیشن ہیں اور میری بد قسمتی دیکھیے کہ میں اُن کا بھی اسسٹنٹ ہوں۔ تین سال قبل جب میں اس پوسٹ پر تعینات ہوا تو ان دنوں طفیل صاحب بھی اس عہدے پر نئے نئے ہی تھے۔ کچھ عرصہ کام سمجھنے میں لگا پھر اُس کے بھی کافی بعد یہ سمجھ آیا کہ اصل کام یہ نہیں ہے۔

مجھے نہیں معلوم کہ کنٹرولر صاحب کو یہ بات پتہ تھی یا نہیں لیکن میں اور طفیل صاحب یہ بات اچھی طرح جان گئے تھے کہ بہت کم بچے محنت کر کے پاس ہوتے ہیں اور باقی بچے یا تو فیل ہو جاتے ہیں یا پھر اُن کا پاس ہونا دوسروں کی محنت کے مرہونِ منت ہوتا ہے۔ میں اور طفیل صاحب یہی محنت کرتے تھے بلکہ یوں کہیے کہ اس محنت میں طفیل صاحب کا کردار مستری اور میرا مزدور والا تھا۔ اُجرت کا حساب بھی اسی طرح تھا یعنی مستری کم محنت کر کے زیادہ اُجرت لیتا تھا اور مزدور گدھے کی طرح محنت کر کے بھی مستری کی اُجرت کا ایک تہائی بھی نہیں سمیٹ پاتا تھا۔ بہر کیف بڑی مچھلیوں کے پیٹ

بھی بڑے ہوتے ہیں اس لئے مجھے زیادہ شکایت نہیں تھی۔

یوں تو ہم مختلف 'پیکیجز آفر' کرتے تھے کہ جس میں امتحانی کمرے میں حل شدہ مواد بھجوانے سے لے کر کاپی میں موجود سپلیوں کی ردوبدل تک شامل تھی تاہم چونکہ روشنی کا فائدہ بھی آنکھ والے ہی اُٹھا سکتے ہیں سو کچھ لوگوں کے حق میں حل شدہ پرچہ جات بھی بے کار جاتے تھے۔ اُن کے لئے اسپیشل پیکیج تھا اور وہی ہماری صنعت کی کیش کاؤ تھی۔ ہم اپنے "ماہرین" سے اپنی نگرانی میں پرچے حل کرواتے اور اپنے "کسٹمر" کے پرچے کی جگہ ماہرین کی تیار کردہ کاپی لگا دیتے۔ یہ کام کرنے کی اجرت اتنی معقول تھی کہ اس اُجرت سے پلے توانا بدن کے لئے نحیف و نزار ضمیر سے لڑنا مشکل نہیں رہتا۔

مجھے تو یہ ضمیر نام کی چیز یاد بھی نہیں رہتی لیکن بیڑہ غرق ہو خلیق بھائی کا کہ وہ ہر ملاقات پر نہ جانے کون کون سی دلیلیں گھڑ کر لے آتے اور جس دن خلیق بھائی سے ملاقات ہوتی اُس رات نیند کی رانی کے نخرے بڑھ جاتے۔ خلیق بھائی کا بیڑہ غرق ہونے کی بات میں اکثر کہا کرتا تھا بلکہ ایک آدھ بار تو میں نے اُن کے منہ پر بھی یہ بات کہدی۔ اُن کے چہرے پر ایک رنگ سا آکر گزر گیا لیکن پھر وہ مُسکرانے لگے اور میں دوسری طرف دیکھنے لگا۔ ویسے میں دلی طور پر مطمئن تھا کہ خلیق بھائی کا تو سمندری سفر سے دور دور کا بھی واسطہ نہیں ہے سو اُن کا بیڑہ کیا غرق ہونا ہے ہاں میرے دل کی بھڑاس نکل جاتی ہے اس طرح۔ خلیق بھائی میرے دوست نہیں تھے لیکن دوستوں کی طرح ہی تھے۔ جس زمانے میں میں ناظم آباد میں رہا کرتا تھا یہ میرے فلیٹ کے اوپر والے فلیٹ میں رہتے تھے۔ اُن دنوں ایک دو بار اُن سے اتفاقی ملاقات ہو گئی تو ہم دونوں ساتھ اُٹھنے بیٹھنے لگے کہ میرا بھی اُس علاقے میں کوئی جان پہچان والا نہیں تھا اور وہ بھی تقریباً ایسے ہی تھے لیکن تب وہ اتنے سنجیدہ مزاج نہیں تھے ورنہ اُن سے ربط و ضبط شاید ہی استوار ہوتا۔

اب بھی ہم اچھے دنوں کی دوستی ہی نبھا رہے تھے ورنہ اب تو اکثر ہماری ملاقاتوں میں بدمزگی ہو جاتی ہے۔ خلیق بھائی ضرورت سے زیادہ اصول پسند واقع ہوئے ہیں اور میں اپنی زندگی اپنی مرضی سے گزارنا چاہتا ہوں۔

جس طرح خلیق بھائی میری ذاتی معاملات میں دخل اندازی کرتے ہیں اُسی طرح وہ میری اس کہانی میں بھی گُھس آئے۔ بہر حال ہوا کچھ یوں کہ ایک دن، رات کے وقت طفیل صاحب کی کال آئی مجھے اُن کا نمبر دیکھ کر ہی پریشانی سی ہوئی کیونکہ دفتری اوقات کے بعد وہ مجھے انتہائی ضروری کام کے لئے ہی فون کرتے تھے۔

ذرا "اطلاع" تو لگاؤ۔ طفیل صاحب نے بڑی عجلت اور گھبراہٹ میں بس اتنا کہا اور فون بند کر دیا۔

"اطلاع" ایک نیوز چینل تھا جو سنسی خیز خبروں کے لئے مشہور تھا۔ اسے حسنِ اتفاق کہیے کہ اُس روز بجلی بھی موجود تھی۔ میں نے ٹی وی کھول کر مذکورہ چینل لگایا تو وہاں نیوز اینکر بڑی ہیجانی آواز میں کچھ کہہ رہا تھا اور ٹی وی اسکرین پر مارک شیٹ قسم کا کوئی ڈاکیومنٹ دکھایا جارہا تھا جس میں ہائی لائیٹر سے مختلف سطور کو جگہ جگہ سے رنگین کیا ہوا تھا۔ وقفے وقفے سے مختلف دستاویزات دکھا کر نیوز اینکر پوری شد و مد سے رواں تبصرہ پیش کر رہا تھا۔ جیسے جیسے بات سمجھ آ رہی تھی میرا رنگ فق ہوتا جا رہا تھا۔ نیوز اینکر ایک ہی بات کو کم از کم ۲۵ تیس بار دہرا رہا تھا۔

"یہ ڈاکیومنٹ ان تک کیسے پہنچے ؟" میں نے خود کلامی کی کیفیت میں خود سے ہی سوال جواب شروع کر دیے۔ ٹی وی پر دکھائے جانے والے کچھ ڈاکیومنٹ واقعی اس بات کا ثبوت تھے کہ بڑے پیمانے پر گڑبڑ ہوئی ہے لیکن بہت سے بے ضرر ڈاکیومنٹ بھی اس طرح لال پیلے کر کے دکھائے جا رہے تھے کہ جیسے وہ چارج شیٹ کا اہم ترین حصہ ہو۔

چار چھ منٹ اس خبر کے چھ آٹھ فقروں کو یکے بعد دیگرے دہرانے کے بعد نیوز اینکر نے وعید سُنائی کہ ۱۰ بجے کے بلیٹن میں اس سلسلے میں خصوصی رپورٹ پیش کی جائے گی اس کے بعد دوسری خبریں شروع ہو گئیں۔ میں اس اچانک آنے والی اُفتاد سے پریشان تھا کہ یہ سب اس قدر اچانک کس طرح سے ہو گیا اور یہ اتنے اہم دستاویزات نیوز چینل کے ہاتھ کیسے لگ گئے۔ اسی اُدھیڑ بُن میں مجھے خیال آیا کہ طفیل صاحب سے بات کی جائے۔ لیکن طفیل صاحب کا نمبر مستقل مصروف مل رہا تھا۔ میں اندازہ کر سکتا تھا کہ اُن کا نمبر اس وقت کیوں مصروف ہے۔

صدمے اور خوف کی ملی جلی کیفیات لئے میں آگے کے خدشات کے بارے میں سوچ رہا تھا کہ نہ جانے اس سب کا کیا نتیجہ نکلے۔ لیکن فی الحال کچھ بھی نہیں کہا جا سکتا تھا۔ انہی سوچوں میں دس بھی بج گئے۔ نیوز چینل والوں نے وہی خبر کچھ بہتر انداز میں رپورٹ کی شکل میں پیش کر دی۔ رپورٹ میں کوئی نئی بات نہیں تھی۔

اگلے چار چھ دن بہت پریشانی میں گزرے۔ دوسرے دن ہی میں طفیل صاحب کے ساتھ کنٹرولر ایگزیمنیشن کے روم میں بیٹھا ہوا تھا یہ وہی روم تھا جہاں کبھی سالوں برسوں میں ایک آدھ منٹ کے لئے جانا ہوتا تھا۔ کنٹرولر روم کا کمرہ تجدیدِ آرائش کے باعث جگمگا رہا تھا لیکن میرا ذہن اس قابل نہیں تھا کہ نئی آرائش کو سراہ سکوں۔ کم بولنے والے کنٹرولر صاحب اس ملاقات میں سب سے زیادہ بول رہے تھے یہ البتہ شکر ہے کہ اُن کا روئے سُخن میرے بجائے طفیل صاحب کی طرف تھا۔ طفیل صاحب اپنی کچھ باتوں کی تائید کے لئے گاہے گاہے مجھ سے بھی مخاطب ہو رہے تھے اور میں ذہن پر زور دیے بغیر طفیل صاحب کی تائید میں ہی بہتری سمجھ رہا تھا۔ پھر یہ میٹنگز صبح شام ہوئیں اور نہ جانے کون کون سے افسران کنٹرولر صاحب سے ملاقات کے لئے آتے رہے۔ یہ البتہ شکر ہے

کہ پہلی بار کے بعد مجھے ان میٹنگز میں نہیں بُلایا گیا۔

چھٹے دن اُسی ٹی وی چینل سے اطلاع ملی کہ ٹیکنیکل بورڈ کی انتظامیہ نے اس معاملے کی مکمل تحقیق تک محکمے کے دو افراد کو معطل کر دیا ہے۔ چشمِ تخیل کے زور پر میں دیکھ سکتا تھا کہ ان دو افراد کے سانچوں میں سے پھنسا ہوا ایک سر میرا ہی تھا اور تنگ سانچے سے بمشکل گردن گھما کر دیکھنے پر دوسرے سانچے میں طفیل صاحب کی گردن بھی نظر آ رہی تھی۔ میرے چہرہ فق ہو گیا تھا اور میں صدمے کی کیفیت میں اُس دن کو کوس رہا تھا جب میں نے طفیل صاحب کے ساتھ مل کر اس کام کا آغاز کیا تھا۔

سوچتے سوچتے مجھے خیال آیا کہ اگر مجھے معطل کیا گیا ہے تو مجھ تک اطلاع کیوں نہیں پہنچی ابھی تک۔

"شاید کل تک سسپنشن لیٹر کل تک مل جائے" میں نے سوچا۔

آج بھی طفیل صاحب کا نمبر مستقل مصروف مل رہا تھا۔ چار چھ دفعہ کوشش کر کے میں نے فون ایک طرف پٹخ دیا۔

ٹی وی پر کرکٹ میچ میں کامیابی پر ماہرین کھلاڑیوں کو قومی ہیرو قرار دے رہے تھے۔ یہ وہی ہیروز تھے کہ پچھلی سیریز میں شکست کے بعد ماہرین کا خیال تھا کہ ان کی تو ٹیم میں جگہ ہی نہیں بنتی۔ پھر اچانک ٹی وی اسکرین سُرخ ہو گئی اور بریکنگ نیوز کی وعید سُنائی جا رہی تھی۔

"ٹیکنیکل بورڈ واقعے کے ذمہ داران کی معطلی کے خط کی نقل "اطلاع" کو موصول ہو گئی ہے" نیوز اینکر گلا پھاڑ پھاڑ کر یہ بات دُہرائے جا رہا تھا۔ اور اسکرین پر جھماکوں کے درمیان دھندلا دھندلا اسکین ہوا خط دکھایا جا رہا تھا۔

میری آنکھیں پلکیں جھپکنا بھول گئی تھیں اور میں بے جا اپنی میشن میں لپٹی بریکنگ

نیوز کے چوکھٹے میں اپنا نام پڑھنے کی کوشش کر رہا تھا۔ کافی کوشش کے باوجود وہ نام تو مجھ سے نہیں پڑھے گئے لیکن اتنا اندازہ ضرور ہو گیا کہ ان دونوں ناموں میں میرا نام کہیں نہیں تھا بلکہ طفیل صاحب کا بھی کہیں ذکر نہیں تھا۔ خوشی کے ساتھ ساتھ مجھے حیرت بھی ہو رہی تھی۔ عارضی ہی سہی دل کو کچھ قرار آ ہی گیا تھا۔ طفیل صاحب سے آج بھی بات نہیں ہو سکی۔ میں نے بھی زیادہ کوشش نہیں کی۔ اگلے دن پتہ چل ہی جانا تھا کہ کیا معاملہ ہے۔

ابھی میں اس کیفیت سے باہر نہیں آیا تھا کہ دروازے کی گھنٹی بجنے کی آواز آئی اور چند ہی لمحوں کے بعد بچوں نے بتایا کہ خلیق انکل آئے ہیں۔ میری خوشی ایک دم ہی جیسے ہرن ہو گئی۔ میں ان دنوں خلیق بھائی سے نہیں ملنا چاہ رہا تھا۔ دو دن پہلے میں اُن کے محلے میں گیا بھی تو اُن سے نہیں ملا بلکہ آج صبح اُن کی فون کال بھی میں نے جانتے بوجھتے موصول نہیں کی۔

لیکن شاید یہی تو وقت تھا کہ جب خلیق بھائی مجھ سے ملنے کو بے چین ہوں گے تا کہ وہ مجھے بتا سکیں کہ وہ ٹھیک تھے اور میں غلط تھا۔ وہ مجھے سمجھاتے تھے اور میں مانتا نہیں تھا۔ شاید وہ مجھے یہی جتانے آئے ہوں کہ میری بات نہیں مانی تو اب بھگتو۔ مجھے اُس لمحے پر ایک بار پھر افسوس ہوا جب پہلی بار میں نے اُن کی طرف دوستی کا ہاتھ بڑھایا تھا۔

چونکہ بچے بتا چکے تھے کہ میں گھر پر موجود ہوں سو اب اُن سے نہ ملنا انتہائی بے مروتی کی بات ہوتی۔ سو برسوں پرانی دوستی کا پاس ایک بار پھر مجھے مجبور کر گیا اور میں چار و ناچار ڈرائنگ روم میں پہنچا۔

خلیق بھائی مجھے دیکھ کر کھڑے ہو گئے۔

"ارے بھائی کہاں غائب ہو؟ فون بھی ریسیو نہیں کر رہے؟" وہ مسکراتے ہوئے

بولے۔

"کہیں نہیں ! آپ کی مس کال بعد میں دیکھی" میں نے کھڑکی کی طرف دیکھتے ہوئے جھوٹ بولا اور مسکرانے کی کوشش بھی کی۔

خیر خیریت کے بعد خلیق بھائی نے اِدھر اُدھر کی باتیں شروع کر دیں۔

میں اسی اُدھیڑ بُن میں تھا کہ نہ جانے کب وہ اپنا پینترا بدلیں اور اگلے پچھلے تمام بدلے نکالنا شروع کر دیں۔

لیکن توقع کے بر خلاف وہ کافی اچھے موڈ میں نظر آ رہے تھے۔

"آج تو اپنے کھلاڑیوں نے کمال ہی کر دیا۔ خوب اچھی کارکردگی دکھائی۔ حد تو یہ ہے کہ اوپنرز نے بھی کافی اچھا کھیلا۔" خلیق بھائی مسکراتے ہوئے کہہ رہے تھے۔

"خوشی ہوئی کہ کوئی نہ کوئی تو ملک کا نام روشن کر رہا ہے۔"

آج وہ الگ ہی جون میں نظر آ رہے تھے ورنہ کرکٹ سے ان کی دلچسپی واجبی سی ہی تھی۔

"تو کیا آج کل آپ بھی ٹی وی دیکھ رہے ہیں ؟" میں نے ایک اچانک خیال آنے پر پوچھا۔

"نہیں ! نہیں تو !" خلیق بھائی نہ جانے کیوں گڑ بڑا سے گئے۔ "بس کرکٹ کی اپڈیٹس دیکھی تھی"۔ مسکرا وہ اب بھی رہے تھے لیکن اب کی بار مسکراہٹ کافی پھیکی ہو چلی تھی۔

خلیق بھائی باقی سب چیزوں کی طرح ٹی وی میں بھی کیڑے نکالنے کے پرانے عادی تھے، اُنہیں ہر پروگرام میں کوئی نہ کوئی قابلِ اعتراض نکتہ مل ہی جاتا۔ سو اُنہوں نے ٹی وی دیکھنا ہی تقریباً ختم کر دیا تھا۔

"یار کافی پلواؤ ! اچھی سی" خلیق بھائی نے ایک دم ہی فرمائش کر دی حالانکہ ابھی

چائے کے کپ بھی میز پر ہی رکھے تھے۔ لیکن چونکہ وہ شاذ ہی کبھی کوئی فرمائش کرتے تھے سو میں کافی کا کہنے اندر چلا گیا۔ کافی کا کہہ کر میں واپس آیا تو خلیق بھائی اپنے بیگ میں کچھ ٹٹول رہے تھے۔ پھر اُنہوں نے ایک کتاب میری طرف بڑھائی۔

"بہت عرصے بعد مشتاق احمد یوسفی کی نئی کتاب آئی ہے۔ ہمت کر کے لے ہی لی میں نے۔" اُنہوں نے مسکرا کر کہا۔

مشتاق احمد یوسفی کو میں بھی شوق سے پڑھتا تھا اور یہ بات خلیق بھائی اچھی طرح جانتے تھے۔

"آپ نے پڑھ لی؟" میں نے کتاب کو اُلٹ پلٹ کر دیکھتے ہوئے پوچھا۔

"ہاں میں نے کافی پڑھ لی ہے لیکن آج کل زیادہ وقت نہیں مل رہا سو تمھارے پاس لے آیا۔"

کچھ دیر بعد وہ اس کتاب میں سے اپنی پسندیدہ حصے پڑھ کر سنانے لگے۔ کافی، مشتاق احمد یوسفی اور خلیق بھائی کی خوش مزاجی تینوں چیزوں نے مل کر ایسا خوشگوار ماحول بنا دیا کہ میں اپنی تمام تر فکر اور شرمندگی بھول گیا۔

اُس رات خلیق بھائی ساڑھے بارہ بجے تک بیٹھے رہے اور جاتے ہوئے یوسفی صاحب کی کتاب چھوڑ گئے۔ میں تقریباً دو بجے تک کتاب ادھر اُدھر سے پڑھتا رہا اور پھر سو گیا۔ آج تقریباً ایک ہفتے کے بعد مجھے ایسی پر سکون نیند آئی تھی۔

دوسرے دن دفتر پہنچنے پر پتہ چلا کہ جن دو لوگوں کو معطّل کیا گیا ہے وہ ہمارے ہی ڈپارٹمنٹ میں تھے لیکن صرف تنخواہ وغیرہ لینے آتے تھے اور اُن کی نوکری تعلقات اور کچھ لو اور کچھ دو کی بنیاد پر چل رہی تھی۔ مجھے بڑی حیرت ہوئی کہ ہمارے ہاں ایسے لوگ بھی ہیں اور اِس حساب سے دیکھا جائے تو ہم تو ان سے لاکھ درجے بہتر ہیں۔ کم از کم محنت

تو کرتے ہیں اور اپنی تنخواہ حرام تو نہیں کرتے۔

دو چار دن مزید افرا تفری رہی لیکن پھر آہستہ آہستہ دفتر کے معاملات معمول پر آ گئے۔ میں بھی کافی 'ریلیکس' ہو گیا۔ خلیق بھائی دو چار دن بعد چلے آتے اور بہت اچھا وقت گزرتا۔ پھر شاید اُن کی مصروفیات بڑھ گئیں تو ملاقاتوں کا درمیانی وقفہ بڑھ گیا۔ اسی طرح کرتے کرتے چھ آٹھ ماہ بیت گئے۔ ایک دن طفیل صاحب چھٹی کے بعد میرے پاس آئے اور کہنے لگے:

"بھئی عاطف میاں اب کمر کس لو کام شروع ہونے والا ہے۔" وہ مسکراتے ہوئے میری میز کے سامنے رکھی کُرسی پر بیٹھ گئے۔

"کون سا کام؟" میں نے اُن کی طرف حیرت سے دیکھا۔

"ارے بھئی اپنا کام، اور کونسا کام۔ اس بار کافی زیادہ 'کسٹمرز' آرہے ہیں بس اب تم تیار ہو جاؤ۔" وہ بدستور مسکرا رہے تھے۔

"نہ جانے میڈیا والوں نے کس نیت سے یہ سب کیا لیکن اس سب کاروائی سے یہ ہوا کہ ہماری مارکیٹنگ اچھی ہو گئی۔ ورنہ تو بے چارے لوگ ڈر ڈر کر پوچھتے پاچھتے بڑی مشکل سے ہم تک پہنچتے تھے"۔ اُن کی مسکراہٹ گہری ہو چلی تھی۔

طفیل صاحب کی بات کچھ کچھ میری سمجھ آرہی تھی اور میں سوچ رہا تھا کہ اب کی بار کچھ اس ترتیب وانتظام سے کام کیا جائے کہ بعد میں 'مشکل' نہ ہو۔ آخر کو یہ ایک اہم کام تھا اور اس سے بچوں کا مستقبل وابستہ تھا۔ قریب قریب طفیل صاحب جیسی مسکراہٹ میرے ہونٹوں پر بھی آچلی تھی۔

(۷) دو گز زمین

عذرا قیصر نقوی

نیم غنودگی کی حالت میں ان کے کانوں میں اماں کے مناقب پڑھنے کی آواز آ رہی تھی۔۔۔۔۔۔

سامان شتاب کر دے مرے دل کے چین کا

پروردگار واسطہ پیارے حسین علیہ السلام کا

فجر کی نماز کے بعد آنگن کے کونے میں بنے لال پتھر کے چبوترے پر بیٹھی اماں روز پُر سوز آواز میں مناقب پڑھتی ہیں۔۔۔۔ تنویر زہرا گھبرا کر اٹھ بیٹھیں ارے! فجر کی نماز قضا ہو جائے گی۔۔ اماں۔۔ کہاں ہیں۔۔۔۔ یہ کون سی جگہ ہے۔۔۔۔ سامنے کی کھڑکی سے برابر والے مکان کی چھت پر جمی برف کی تہہ نظر آئی۔۔۔۔۔ نیچے لِونگ روم سے صبح کی خبروں کی آواز آ رہی تھی۔۔۔ کچن میں بہو اور بچوں کے چلنے پھرنے کی آوازیں تھیں۔۔۔ وہ حسب عادت خود سے بولیں۔۔۔۔

"لے تنویر زہرا ہو گئی ایک اور صبح" سرہانے رکھی ڈیجیٹل گھڑی پر نظر ڈالی صبح کے ساڑھے چھ بجے تھے۔۔۔ انہوں نے سوچا۔۔۔ "یہ گھڑی اور رات بھر بھوت بن کر ہولاتی رہتی ہے۔۔۔ ایک تو نیند ویسے ہی غائب ہے، سو گئیں تنویر زہرا؟۔۔۔۔۔۔ کل رات بھی شاید تین بجے رات کے بعد نیند آئی ہو گی۔۔۔ وہ بھی نیند کی دوسری گولی کھانے کے بعد، کتنی بار مرتضٰی سے کہا یہ گھڑی ہٹا لے یہاں سے۔۔۔ مگر اس کے خیال سے تو

یہ گھڑی اچھی ہے کہ اماں کو اندھیرے میں بھی وقت کا پتہ چل جائے۔۔۔ ارے مجھے وقت کا پتہ چلنے نہ چلنے سے کیا فرق پڑتا ہے۔۔۔"

تنویر زہرا بمشکل گھٹنے پر ہاتھ رکھ کر اٹھیں۔۔۔ باتھ روم جانا بھی ان کے لئے ایک مشکل کام تھا۔۔۔ کھڑے ہو کر واش بیسن میں وضو کرنا کوئی آسان کام نہیں تھا۔۔۔ وضو کر کے نماز پڑھنے کے بعد وہ نیچے آئیں تو مرتضی باہر سے گھر کے سامنے کے راستے سے برف ہٹا کر آ رہا تھا۔ ٹوپی اور دستانے برف سے اٹے ہوئے تھے۔۔۔ کان اور ناک سرخ ہو گئے تھے۔۔ اس نے جب دستانے اتارے تو انہوں دیکھا کہ انگلیاں بھی لال ہو گئی تھیں۔۔۔ ان کا دل بیٹے کے لئے تڑپ گیا۔۔۔ بولیں۔۔۔

"ارے کیوں مصیبت میں پڑتا ہے روز صبح۔۔ پڑی رہنے دے برف۔۔۔ خود پگھل جائے گی۔۔۔"

مرتضی نے جھلاہٹ پر قابو پاتے ہوئے بڑے رسان سے اماں کو سمجھانے کی کوشش کی۔۔۔

"ارے اماں! اگر روز برف نہ ہٹاؤں تو برف کا ایک پہاڑ کھڑا ہو جائے گا دروازے کے سامنے۔۔۔ اور پھر گیراج سے گاڑی نکالنے کے لئے بھی تو راستہ صاف کرنا تھانا!۔۔۔ کل رات بھر برف پڑی ہے۔۔۔"

تنویر زہرا نے کچن کی کھڑکی سے جھانک کر دیکھا۔۔۔ پچھواڑے کے مکان میں مسٹر سوائے اپنی گاڑی سے برف ہٹا رہے تھے۔۔۔ وہ بولیں۔۔۔

"ارے! سردیوں میں گاڑی چلانے کی کیا ضرورت ہے۔۔ بس سے چلا جایا کر۔۔۔ برف کے زمانے میں تو گاڑی لے کر جاتا ہے تو دن بھر مرا جی ہولتا رہتا ہے۔۔۔"

مرتضی کو اماں پر غصہ بھی آیا اور پیار بھی۔۔۔ بولے۔۔۔

"اماں آپ کو کسی طرح چین نہیں۔۔۔۔ کراچی میں جب بس میں بیٹھ کر ناظم آباد سے کلفٹن جاتی تھیں تو دعا مانگا کرتی تھیں کہ مولا! ایک دن ایسا بھی کرنا کہ میرے مرتضی اور ارتضی کے پاس بھی گاڑی ہو۔۔۔۔۔ آپ کو کلفٹن والے خالو ابا کی گاڑی دیکھ کر کیسا رشک آتا تھا۔۔۔"

کچن میں ان کی بہو رضیہ جلدی جلدی بچوں کا لنچ پیک کر کے دے رہی تھی۔۔۔۔۔۔ مرتضی کو بھی کاغذ کے براؤن لفافے میں سینڈوچ، جوس اور ایک سیب رکھ کر لنچ کے لئے دے دیا۔۔۔ اور جلدی جلدی کوٹ، بوٹ، دستانے اور ٹوپی پہن کر اپنے لنچ کا براؤن لفافہ لے کر کام پر جانے کے لئے تیار ہو گئے۔۔۔ بچے بھی اسکول کی بس لینے کے لیئے قریبی بس اسٹاپ پر چلے گئے۔۔۔۔۔۔

دھڑ۔۔۔۔۔ دھڑ۔۔۔۔۔ دروازے بند ہونے کی آوازیں۔۔۔ گیراج کا شٹر بند ہونے کی آواز۔۔۔ "سب چلے گئے۔۔۔" تنویر زہرا خود سے بولیں۔۔۔ اب گھر میں مکمل سناٹا۔۔۔۔ سوائے نیچے چلتے ہوئے ہیٹنگ کرنے والی فرنس کی آواز کے جو متواتر آ رہی تھی۔۔۔۔ وہ آ کر چڑیوں کے پنجرے کے پاس کھڑی ہو گئیں۔۔۔ یہ چھوٹی چھوٹی رنگین چڑیاں پچھلے مہینے مرتضی کے بیٹے علی نے انہیں تحفے میں دی تھیں۔۔۔ کہ یہ آپ کا برتھ ڈے گفٹ ہے۔۔۔ وہ ہنس پڑی تھیں۔۔۔ "اوئی اس بڑھاپے میں اب میری سالگرہ ہو گی۔۔۔۔ ساری عمر تو منائی نہیں۔۔۔ "۔۔۔ یہ چڑیاں اب ان کی دن بھر کی ساتھی بن گئی تھیں۔۔۔ تنویر زہرا چڑیوں سے باتیں کرتی تھیں مگر ان کا خیال تھا کہ چڑیاں اردو سمجھ تو جاتی ہیں مگر بولتی انگریزی ہیں۔۔۔۔

تنویر زہرا نے کچن پر نظر ڈالی۔۔۔ چمکتا ہوا، صاف ستھرا، ہر چیز جگہ پر رکھی ہوئی

تھی۔۔۔۔وہ پھر چڑیوں سے مخاطب تھیں۔۔۔۔۔۔

"ایک تو میں رضیہ کے سگھڑاپے سے بھی پریشان ہوں، کام کر کر کے مری جائے ہے، کتنا کہا کہ رہنے دے روز کوئی سالن پکا دیا کرونگی مگر نہیں۔۔۔۔۔سب خود ہی کرے گی۔۔۔۔۔اتوار کے روز دن بھر کھڑے ہو کر ہفتے بھر کے لئے کھانے پکا پکا کر فریزر میں رکھ دے گی، اے ہے۔۔۔۔! یہ بھی کوئی بات ہوئی۔۔۔کہ روز روز کھانا پکانے سے گھر میں پیاز اور مسالوں کی بو بس جاتی ہے۔۔۔۔دوپہر میں علی آئے گا اسکول سے، خود ہی فرج سے اپنی وہ اسپگیتی یا پیزا نکالے گا، مائیکرو ویو میں خود گرم کرے گا اور کھالے گا۔۔۔۔۔کتنا کہا کہ لاؤ۔۔۔تمہارے لیئے تازہ روٹی ڈال دوں۔۔۔۔پراٹھا پکا دوں مگر نہیں۔۔۔۔اسے تو یہ ہی امریکن کھانے پسند ہیں۔۔۔"

تنویر زہرا لونگ روم کی کھڑکی میں آ کھڑی ہو گئیں۔۔۔۔سامنے صاف ستھرے مکانوں کی قطار تھی۔۔۔۔چمنیوں سے دھواں نکل رہا تھا۔۔برف سے مکانوں کی چھتیں اور راستے ڈھکے ہوئے تھے۔۔۔۔وہ برف صاف کرنے والی مشین کے انتظار میں کھڑی ہو گئیں۔۔۔۔ابھی وہ دیو جیسی مشین آتی ہو گی۔۔۔اور سڑک کی ساری برف سرکا کر کنارے کر دے گی۔۔۔۔اور سڑک کے دونوں طرف برف کی چھوٹی سی دیوار اور اونچی ہو جائے گی۔۔۔۔اب صبح کے ۹ بج چکے تھے آفس اور دوسری ملازمتوں پر جانے والے جا چکے تھے۔۔۔اس لئے سڑک پر کوئی اِکّا دُکّا گاڑی گذر جاتی تھی۔۔۔دس بجے کے قریب سامنے والے مکان سے دو بچے، لال پیلے اسنو سوٹ پہنے ہوئے نکلیں اور برف پر لوٹیں لگائیں گے۔۔۔۔۔۔۔۔

"شاباش ہے ان کی ماں کو بھی۔۔۔۔اس سردی میں بھی بچوں کو باہر نکال دیتی ہے۔۔"تنویر زہرا سوچتی تھیں۔۔۔۔۔

۱۰ بجے اک بڑی بی سر سے پاؤں تک گرم کپڑوں میں ملفوف۔۔۔ اپنے کتے کو ٹہلانے نکلیں گی۔۔۔۔۔۔

"غضب کی ہمت ہے بڑھیا کی کہ اس سردی اور برف باری میں بھی گھومنے سے باز نہیں آتی۔۔۔۔" وہ حیران تھیں۔۔۔۔۔

گھڑی پر نظر ڈالی۔۔۔ ابھی تو صرف ساڑھے نو بجے تھے۔۔۔۔ "اب کیا کروں۔۔۔ ناشتہ کرنے کو بھی دل نہیں چاہتا۔۔۔ فرج میں جوس، پھل، ڈبل روٹی، انڈے۔۔۔ سب بھرے پڑے ہیں مگر کھانے کو دل ہی نہیں چاہتا۔۔۔ اکیلے کیا خاک اچھا لگتا ہے کھانا پینا۔۔۔۔۔۔۔۔۔۔"

"اب مجھے یہاں کناڈا آئے تقریباً ڈیڑھ سال ہو گیا۔۔۔ انہوں نے سوچا مگر لگتا ہے کہ جیسے برسوں ہو گئے ہیں۔۔۔ ارتضیٰ کے پاس سعودی عرب میں بھی رہ کر آئی چند مہینے۔۔۔ وہاں بھی میں اور ارتضیٰ کی بیوی دن بھر گھر میں بند۔۔۔ شام کو ارتضیٰ آتے۔۔۔ اگر تھکے ہوئے نہیں ہوتے تو گاڑی میں بیٹھا کر گھما پھرا لاتے۔۔۔ خیر سے وہاں حج تو ہو گیا۔۔۔ مگر وہاں بھی کیا جی لگتا میرا۔۔۔۔ مرتضیٰ نے یہاں کناڈا بلانے کی ضد پکڑ لی۔۔۔ اماں اور بابا کیا کریں گے اکیلے کراچی میں۔۔۔۔ رضیہ باجی بھی شادی ہو کے دبئی چلی گئی ہیں۔۔۔۔ مرتضیٰ کے ابا کے کسی صورت کناڈا آنے پر راضی نہیں تھے۔۔۔۔ اور نہ ہی آئے۔۔۔ جب تک۔۔۔۔ کناڈا کا امیگریشن کا ویزا آئے اللہ ہی نے ان کا ویزا بھیج دیا۔۔۔۔ ابا کے مرنے کے بعد دونوں بھائی آئے۔۔۔۔ باپ کا بنوایا ہوا گھر بیچ باچ کر۔۔۔۔ لے آئے مجھے اپنے ساتھ یہاں۔۔۔۔ کیا نام ہے اس شہر کا۔۔۔۔ ؟۔۔۔۔۔۔ ونڈسور۔۔۔۔ جب یہاں آئی تھی تو مرتضیٰ اک پندرہ منزلہ اونچی بلڈنگ کے ایک فلیٹ میں رہتا تھا۔۔۔۔ اندرونِ شہر تھی وہ بلڈنگ۔۔۔۔ کھڑکی میں کھڑی ہو

جاتی تھی۔۔۔۔ اور سڑک کی چہل پہل دیکھ لیتی تھی۔۔۔۔۔ اب دس مہینے ہوئے ماشاء اللہ یہ مکان خرید لیا ہے۔۔۔۔۔ رضیہ کتنے فخر سے دکھاتی ہے اپنے ملنے والوں کو۔۔۔۔ فور بیڈ روم کا مکان ہے۔۔۔۔ بچوں کے کھیلنے کے لئے بیسمنٹ بھی ہے۔۔۔۔ گیراج میں کہتے ہیں دو گاڑیاں کھڑی ہو سکتی ہیں۔۔۔ مکان جب سے خریدا ہے۔۔۔ مرتضی نے تو بس میاں بیوی مور گیج کی ہی باتیں کرتے ہیں۔۔۔ اک دن میں نے پوچھا تھا کہ یہ مور گیج کیا بلا ہے۔۔۔ تو رضیہ نے کچھ سمجھایا تھا کہ اماں۔۔۔! اتنا پیسہ ہر مہینے بینک تو دینا ہوتا ہے۔۔۔۔ ورنہ مکان بینک لے لے گا۔۔۔۔۔۔۔ میری سمجھ میں تو کچھ نہیں آیا۔۔۔۔ ایک وہ انڈیا میں کسٹوڈین کا قصہ تھا۔۔۔۔ پاکستان بننے کے بعد جب چچا ابا کراچی آئے تھے تو کسٹوڈین نے قبضہ کر لیا تھا۔۔۔ ان کے مکان پر۔۔۔ اب پتا نہیں یہ مور گیج کیا قصہ ہے۔۔۔۔ اور جب ہم پاکستان آئے تو ہر وقت قصہ رہتا تھا کلیم کا۔۔۔ الاٹمنٹ کا۔۔۔۔ مگر ہمیں کیا ہاتھ آیا۔۔۔ خاک۔۔۔۔ مرتضی کے ابا سرکاری ملازم تھے۔۔۔۔ انڈیا میں۔۔۔ سو وہ پاکستان آ گئے تھے۔۔۔ وہاں بھی کیا تھا۔۔۔ اک پرانا آبائی مکاں امروہے میں۔۔۔ اور کراچی میں وہ بھی نصیب نہ ہوا۔۔۔۔ سنا ہے لوگوں نے بڑے بڑے الاٹمنٹ کرائے۔۔۔۔۔۔"

انہوں نے غیر ارادی طور پر گھڑی کی طرف دیکھا تو دن کے دس بج چکے تھے۔۔۔ سوچا کہ چلو پودوں میں پانی ڈال دوں۔۔۔ رضیہ نے گملوں میں طرح طرح کے پودے لگائے تھے۔۔۔ گھر کے اندر اچھی خاصی پھلواری بن گئی تھی۔۔۔ پودوں کی دیکھ بھال کا کام تنویر زہرا نے اپنے ذمہ لے لیا تھا۔۔۔۔۔۔ کراچی کے چھوٹے سے مکان کے آنگن میں بھی تنویر زہرا نے کچھ حصہ کچا رہنے دیا تھا۔۔۔ اور وہاں بیلے کے پھول لگائے تھے۔۔۔۔

"نہ جانے وہ بیلا زندہ ہو گا یا مر گیا ہو گا۔۔۔" وہ آزردہ ہو گئیں۔۔۔۔۔۔

ان کے دماغ میں تو ابھی میرٹھ والے گھر کے آنگن کے امرود اور موگرے کی خوشبو بسی ہوئی تھی۔۔۔۔۔

وہ بہت لگن سے ہر گملے میں پانی ڈالتی رہیں۔۔ ربر پلانٹ کے پتے گیلے کپڑے سے صاف کئے۔۔۔ پودوں پر اسپرے کیا۔۔ وہ روز ہر گملے کو دیکھتیں کی کتنے نئے پتے نکلے۔۔۔

کبھی کبھی اُنہیں پودوں پر ترس آتا کہ بے چارے کبھی باہر کی تازہ ہوا بھی نہیں پاتے۔۔ انہوں نے کھڑکی سے باہر نظر ڈالی۔۔۔ سامنے یارڈ میں میپل کا درخت ٹنڈ منڈ کھڑا تھا۔۔۔ انہوں نے حساب لگایا۔۔۔ جنوری، فروری، مارچ، اپریل۔۔۔ تب کہیں اپریل کے آخر میں سوکھی شاخوں سے پتے سر نکالیں گے۔۔۔ جون جولائی میں درخت خوب ہرا بھرا ہو جائے گا۔۔۔ پھر اکتوبر میں پتے سرخ ہو جائیں گے تو پیڑ پر آگ سی لگتی معلوم ہو گی۔۔۔ جب بہت خوبصورت لگتے ہیں یہ میپل کے درخت۔۔۔ اور ابھی اکتوبر ختم بھی نہیں ہو گا۔۔ کہ سوکھے پتوں سے پھر یارڈ بھر جائے گا۔۔۔ پھر وہی ٹنڈ منڈ درخت۔۔۔۔۔ پھر وہی گرمیوں کا انتظار۔۔ نہ جانے اگلی گرمی دیکھوں گی یا نہیں۔۔۔۔" انہوں نے سوچا۔۔۔۔۔۔۔۔۔۔۔۔۔۔

اب انہیں دن کے ایک بجے کا انتظار تھا جب مرتضی کا بیٹا علی اسکول سے آئے گا تو ذرا رونق ہو گی۔۔۔ بڑی بیٹی سارہ تین بجے اسکول سے آئے گی۔۔۔ مرتضی اور رضیہ شام کو چھ بجے آئیں گے۔۔۔ سردیوں میں تو چھ بجے اندھیرا ہو جاتا ہے۔۔۔ مرتضی واپسی میں رضیہ کو کام پر لیتا ہوا آتا ہے۔۔۔ انہیں رضیہ پر ترس آتا تھا۔۔ وہ کام سے واپس آکر کھانا گرم کرتی۔۔۔ کھلاتی۔۔۔ کچن صاف کرتی۔۔ برتن دھوتی۔۔ اور مرتضی بیٹھ کر

ٹی وی دیکھتے تھے۔۔۔۔۔۔۔ رضیہ خواہ مخواہ گھر سے باہر کام کرتی ہے۔۔۔ کیا فائدہ جان کھپانے سے۔۔ ایک بار انہوں نے مرتضیٰ سے کہا تھا۔۔ کیوں بیوی سے نوکری کراتا ہے۔۔۔۔"

اس نے جواب دیا تھا۔۔۔۔

"اماں! رضیہ ہی کو زیادہ شوق تھا مکان خریدنے کا، صرف میری تنخواہ سے تو مورگیج ادا ہو نہیں سکتا تھا۔۔۔۔ اس لئے رضیہ نے بھی کام شروع کر دیا۔۔ فیکٹری میں پرزے جوڑنے کا کام ہے رضیہ کا۔۔۔۔"

فون کی گھنٹی بجی۔۔۔۔ تنویر زہرا فون کی گھنٹی سے ہمیشہ گھبرا جاتی تھیں۔۔۔ انہوں نے سوچا۔۔۔۔ "ہو سکتا ہے مرتضیٰ کا فون ہو۔۔۔۔ میری خیر خبر لے لیتا ہے۔۔ دن میں وہ اک آدھ بار۔۔۔۔۔ کیا پتہ کسی اور کا فون ہو۔۔ کوئی انگریزی نہ بولتا ہو۔۔۔۔۔ کوئی بات نہیں۔۔۔ کہہ دوں گی۔۔ مسٹر مرتضیٰ ناٹ ہوم۔۔۔۔۔۔ اور رکھ دوں گی فون۔۔۔۔" گھنٹی بجے جا رہی تھی۔۔۔ انہوں نے فون اٹھایا۔۔ فون پر رضیہ کی دوست ثمینہ چودھری تھی۔۔۔ وہ بھی دن میں کبھی کبھار فون کر لیتی تھی۔۔۔۔۔ اِدھر اُدھر کی دو چار باتیں کر کے تنویر زہرا کا دل بہل جاتا تھا۔۔۔۔ حالانکہ ثمینہ پنجابی تھی۔۔ مگر تنویر زہرا کو یہاں وہ ہی غنیمت معلوم ہوتی تھی۔۔۔۔۔۔

ثمینہ فون پر نہ جانے کیا کیا کہہ رہی تھی۔۔۔ لیکن تنویر زہرا کے دماغ میں بس ایک جملہ اٹک کر رہ گیا۔۔ آٹھ ہزار ڈالر۔۔۔۔۔۔۔۔۔۔۔۔

رات کو کھانے کے بعد جب مرتضیٰ اور رضیہ بیٹھے ٹی وی دیکھ رہے تھے۔۔ تو زہرا کے اس سوال نے دونوں کو چونکا دیا۔۔۔۔

"بیٹا! مرتضیٰ۔۔۔ کیا آٹھ ہزار ڈالر کی رقم بہت ہوتی ہے۔۔۔۔"

مرتضیٰ حیران ہوا کہ اماں آج روپے پیسے کے چکر میں کیسے پڑ گئیں۔۔۔۔ وہ تو یہ بھی بڑی مشکل سے سمجھ پاتی تھیں کہ ایک ڈالر میں کتنے پاکستانی روپے آتے ہیں۔۔۔۔

مرتضیٰ نے پوچھا" کیوں اماں کیا ہو گا آٹھ ہزار ڈالر کا" تنویر زہرا ٹال گئیں۔۔۔

"کچھ نہیں یوں ہی پوچھ رہی تھی۔۔۔"

وہ جلدی ہی اٹھ کر سونے کے لئے اپنے کمرے میں چلی گئیں۔۔۔۔ نیند کی گولی کھائی۔۔۔ رات کی دعائیں پڑھیں۔۔۔ دستک دی اور لیٹ رہیں۔۔ وہی سوال دماغ میں گھومے جا رہا تھا۔۔ آٹھ ہزار ڈالر۔۔۔۔ اچھا اگر مرتضیٰ کے پاس نہ ہوئے تو ارتضیٰ کو خط لکھوں گی وہ دے دے گا۔۔ انہیں تھوڑا سکون ہوا۔۔۔۔ آنکھیں مندنے لگیں۔۔۔ لگتا ہے آج کمرے کی ہیٹنگ زیادہ تیز ہے۔۔۔۔۔ نیند جلدی آگئی۔۔۔۔۔

یہ کیسا مجمع ہے۔۔ کس کا جنازہ ہے۔۔۔ چالیسواں ہے اماں کا؟۔۔۔۔ نہیں مرتضیٰ کے ابا کا سوئم ہے۔۔۔۔۔ یہ کس کی قبر ہے۔۔ بیری کے پیڑ کے نیچے۔۔۔ فاطمہ زہرا لکھا ہے کتبے پر۔۔۔۔۔۔ اچھا! میرٹھ میں اماں کی قبر شاید بھائی شان حیدر نے مرمت کرائی ہے۔۔۔ ابا کی قبر پر گھاس اگ آئی ہے۔۔۔۔ یہ کس کی تازہ قبر ہے۔۔۔۔ مرتضیٰ کے ابا سوئے ہوئے ہیں۔۔۔۔ یہ برف سی کیسی گری ہے اس قبر پر۔۔۔ یہ کون سی جگہ ہے۔۔۔ یہ کس کا جنازہ چوبی تابوت میں رکھا ہے۔۔۔ ہوائی جہاز کی گھڑ گھڑاہٹ۔۔۔ ہڑبڑا کر وہ اٹھ گئیں۔۔۔۔ یہ کیسا عجیب خواب تھا۔۔۔۔۔

تنویر زہرا بہت دیر تک دعائیں پڑھتی رہیں۔۔۔

"مرتضیٰ کے ابا ہم آپ کو کراچی میں اکیلا چھوڑ آئے"۔۔۔۔۔ وہ بدبدائیں۔۔۔۔

صبح جب وہ نیچے گئیں تو خلاف معمول سب موجود تھے۔۔۔ انہیں یاد آیا کہ آج تو سنیچر ہے، چھٹی کا دن۔۔۔۔ مرتضیٰ نے ان کی شکل دیکھ کر کہا۔۔۔

"کیا ہوا اماں !۔۔ آپ کی طبیعت تو ٹھیک ہے۔۔۔ رات کو کیا نیند نہیں آئی آپ کو۔۔۔"

تنویر زہرا نے اس بات کا کوئی جواب نہیں دیا مگر کھوئے کھوئے لہجے میں بولیں۔۔۔۔

"کل رضیہ کی دوست ثمینہ کا فون آیا تھا۔۔ وہ بتا رہی تھی کہ صداقت مرزا کے والد کا انتقال ہو گیا۔۔!ان کو دفن کہاں کیا جائے گا۔۔۔؟"

مرتضی مسکر کر بولے۔۔۔ "اماں آپ کیا اسی وجہ سے اتنی پریشان ہیں دفن ہو جائیں گے وہ قبرستان میں۔۔۔ مسجد والوں نے یہودیوں کے قبرستان میں کچھ جگہ خرید لی ہے وہیں دفن ہو جاتے ہیں۔۔۔"

تنویر زہرا بولیں۔۔۔ "ہاں ثمینہ بھی یہی کہہ رہی تھی۔۔۔۔ وہ تسبیح گھماتے ہوئے بولیں۔۔۔ پھر ذرا جھک کر سرگوشی کے انداز میں بولیں۔۔۔

"مرتضی بتا بیٹا۔۔۔۔ تیرے پاس آٹھ ہزار ڈالر جمع ہوں گے۔۔۔؟ ورنہ ارتضی کو سعودی عرب فون کر کے پوچھنا کہ وہ پیسوں کا انتظام کر سکتا ہے۔۔۔؟"

مرتضی اور رضیہ نے چونک کر تنویر زہرا کی طرف دیکھا۔۔۔ دونوں تقریَباً ساتھ ہی بولے۔۔

"کیوں اماں؟"

تنویر زہرا باہر کھڑکی میں گرتی ہوئی برف دیکھتے ہوئے بولیں۔۔۔۔

ثمینہ بتا رہی تھی کہ یہاں سے لاش پاکستان بھیجنے میں آٹھ ہزار ڈالر کا خرچ آتا ہے۔۔۔ اچھا! یہ بتا کہ انڈیا لے جانا کیا کچھ سستا ہے۔۔۔

(۸) میں پاگل نہیں ہوں

جمیل اختر

پچھلے دو سال سے سرکاری پاگل خانے میں رہتے رہتے، میں نے اپنی زندگی کے تقریباً ہر واقعے کو یاد کر کے اس پر ہنس اور رو لیا ہے۔

"ویسے میں پاگل نہیں ہوں۔"

آپ کو یقین نہیں آئے گا، کہ اگر پاگل نہیں ہوں تو پاگل خانے میں کیا کر رہا ہوں۔ دیکھیں جی زندگی میں بعض دفعہ ہوش کی دنیا سے ناطہ توڑ کے بے ہوش رہنا بڑا ضروری ہوتا ہے۔۔ میرے ساتھ بھی کچھ ایسا ہی ہے۔۔۔

میں نے غربت میں آنکھ کھولی۔ محکمہ ریلوے میں چپڑاسی بھرتی ہوا تو نجمہ سے شادی ہو گئی۔ نجمہ سے مجھے شدید محبت تھی، زندگی غربت میں سہی پر خوشی خوشی بسر ہونے لگی تھی۔ شادی کے دس سال تک ہمارے ہاں اولاد تو نہ ہوئی لیکن نجمہ کو ٹی بی ہو گئی۔ گھر کو رہن رکھوا کر چودھری صاحب سے قرض لیا اور نجمہ کے علاج کے لئے ڈاکٹر، پیر، فقیر کہاں کہاں نہیں گیا۔۔۔ لیکن نجمہ کی زندگی نے وفا نہ کی۔۔،

نجمہ کے جانے کے بعد میں بالکل تنہا تھا، دوست، رشتہ دار پہلے کونسا جان چھڑکتے تھے کہ اب تو رسمی خیر، خیریت پوچھنے سے بھی گئے۔۔۔ اور جب بندہ غریب ہو تو رشتہ دار بھی جلدی بھول جاتے ہیں، اتنی جلدی کہ گویا کہ آپ تھے ہی نہیں، گویا کہ اک قصہ پارینہ۔۔۔ اس دور میں دولت انسان کو یاد رکھنے اور یاد رکھوانے میں بڑا اہم کردار ادا

کرتی ہے۔

ان دنوں میں شدید تنہائی کا شکار تھا کام میں جی نہ لگتا تھا، دفتر سے غیر حاضر رہتا اور یونہی گلیوں میں بے مقصد پھرا کرتا۔۔۔۔۔۔۔۔۔۔

"با مقصد آدمی کا بے مقصد پھرنا بڑا تکلیف دہ ہوتا ہے۔۔۔"۔

آفیسرز کو مجھ سے شکایت تھی مجبوراً جلد ریٹائیر منٹ لے لی۔ مبلغ ۲ لاکھ روپے پروویڈینٹ فنڈ کے مجھے ملے۔ گاوں کے چودھری صاحب نے کریانے کی دوکان کھولنے کا مشورہ دیا۔ اگرچہ کہ میری زندگی ایک جگہ آ کے رک گئی تھی، کوئی مقصد مل نہیں رہا تھا۔۔ ایسے میں جب آپ کے دوست احباب آپ کو بھول چکے ہوں وہاں گاوں کے چودھری کی حوصلہ افزائی بڑی بات تھی۔۔۔ میں نے ہمت باندھی کہ اور نہیں تو کاروبار کر کے چودھری صاحب کا قرض تو لوٹا دوں اور جو گھر رہن رکھوایا تھا وہ واپس مل جائے۔۔ ویسے میں نے اس اکیلے گھر کو کرنا کیا تھا لیکن پھر بھی وہ میرا آبائی گھر تھا۔ میں نے بنک سے اپنے پروویڈینٹ فنڈ کے پیسے نکلوانے کا فیصلہ کر لیا۔۔۔

اور پھر قصہ اس شام کا کہ جو آئی اور میری زندگی بدل کر، تاریک رات میں ڈھل گئی۔

اس شام جب میں شہر سے اپنی عمر بھر کی کمائی لے کہ لوٹ رہا تھا،

مجھے دیر ہو گئی تھی۔ گاڑی سے اتر کر میں تیز تیز چلتے ہوئے گھر کی جانب روانہ ہوا۔ عمر بھر کی دولت سنبھالنا ایسا مشکل کام تھا مجھے اس دن احساس ہوا۔۔ جانے لوگ کروڑوں، اربوں کیسے سنبھال لیتے ہوں گے۔۔۔ ایک ایک قدم من من وزنی ہو گیا تھا، میں جتنا تیز چلتا راستہ اتنا ہی طویل ہوتا جا رہا تھا، یا شائد ایسا مجھے محسوس ہو رہا تھا اور یوں بھی راستے کبھی طویل نہیں ہوتے انسان کی سوچ طویل ہو جاتی ہے۔۔۔

جب میں بڑے گراونڈ میں سے گزر رہا تھا تو وہاں چودھری کا بیٹا انور اور اسکے دو دوست کھڑے تھے۔۔۔ گاوں میں عموماً اتنی شام کو اس گراونڈ پر کوئی نہیں ہوتا تھا۔۔۔

"کریم دین آ گئے شہر سے پیسے لے کر۔۔۔ "۔۔۔۔۔۔۔۔۔۔۔۔انور نے مجھ سے پوچھا

"نہیں۔۔۔"

"وہ،،،،،،ہاں۔۔۔۔"

"تم ہمیں قرض کب واپس کرو گے۔۔۔"؟

"جی میں اس سے کاروبار کروں گا، اور جلد ہی قرض لوٹا دوں گا۔۔۔۔"

"پر ہم تو ابھی پیسے لیں گے کریم دین۔۔۔۔۔"

ابھی نہیں دیکھیں، یہ میرا عمر بھر کا اثاثہ ہے۔۔۔ میرا یقین کریں میں جلد قرض لوٹا دوں گا۔۔

ہماری رقم کوئی بیکار پڑی تھی کیا؟؟؟

لیکن اسکے بدلے میں نے اپنا گھر رہن بھی تو رکھوایا ہے ؟؟؟

اچھا تو اب تم باتیں بھی سناو گے۔۔۔ اب تمہارے منہ میں بھی زبان آ گئی ہے۔۔۔۔

یہ کہہ کر انور نے پستول میری کنپٹی پر رکھ دیا۔ اس کے دوست نے بیگ مجھ سے چھینا اور وہ موٹر سائیکلوں پر بیٹھ کے یہ جاوہ جا۔۔۔۔۔۔

میری عمر بھر کی کمائی۔۔۔۔ جس کا ایک روپیہ بھی میں استعمال نہ کر سکا۔۔۔۔ آپ نے کبھی کسی کی عمر بھر کی کمائی لٹتے دیکھی ہو تو، یہ بڑے ہی کرب کی بات ہوتی ہے۔۔۔

میں بھاگم بھاگ تھانے پہنچا۔ تھانیدار نے چوھدری صاحب کے بیٹے کے خلاف رپورٹ لکھنے سے صاف انکار کر دیا۔۔ تھانیدار کا موقف تھا کہ اتنے معزز آدمی بھلا ایسا کیسے کر سکتے ہیں، چودھری صاحب نے الگ برا بھلا کہا، اور تھانیدار کو کہا کہ میں اس الزام کے باوجود اس سے اس کا گھر خالی کرنے کو نہیں کہوں گا۔۔۔

سارے گاوں میں چودھری صاحب کی اس دریا دلی کی باتیں ہونے لگیں۔۔۔

میری بات پر کسی کو اعتبار نہیں تھا۔ غریب کی بات بھی بھلا کوئی بات ہوتی ہے۔۔۔۔

میرے پاس گذر اوقات کو فقط گھر کا سامان تھا، جو ایک ایک کر کے بکنے لگا تھا۔۔۔ ایک ہلکی سی آرزو جو کام کرنے کی دل میں جاگی تھی اب وہ بھی نہیں تھی۔۔۔ میں کیوں کام کرتا، کس کے لیئے کام کرتا۔۔۔ سارا سارا دن گھر میں پڑا رہتا۔ لوگ پہلے بھی کم ملتے تھے اور اب تو بالکل ملنا جلنا ترک کر دیا تھا،

دیکھیئے، غم اتنا شدید نہیں ہوتا، لیکن جب کوئی غم بانٹنے والا نہ ہو، جب کوئی آپ کی بات نہ سنے تو غم میں ایسی شدت آجاتی ہے کہ غم کے جھکڑ انسان کو تنکوں کی طرح اڑا کے لے جاتے ہیں۔۔۔۔

میں بھی تنکہ تنکہ بھکر رہا تھا۔۔۔ ذرہ ذرہ ہو کر۔۔۔

مجھے باتیں بھولنے لگیں تھیں۔ حافظے کا یہ عالم تھا کہ بعض دفعہ دوکاندار سے چیز خریدنے جاتا تو بھول جاتا کے کیا خریدنا ہے، کبھی پیسے دینا بھول جاتا۔۔۔، ایک عرصے تک حجامت نہ کرانے کی وجہ سے بال بڑھ گئے تھے۔ لوگ آہستہ آہستہ مجھے پاگل سمجھنے لگے تھے۔ بچے ڈرتے تھے۔۔۔ پہلے دبے دبے لفظوں میں پاگل ہے کا لفظ سنتا تھا پھر لوگوں کے ہاتھ شغل لگا وہ پاگل پاگل کہہ کے چھیڑتے تھے۔۔۔۔ میں یونہی سارا سارا دن گھر کے دروازے میں بیٹھا رہتا۔۔ شروع شروع میں، میں نے کوئی توجہ نہ دی کہ

لوگ مجھے پاگل کہتے ہیں لیکن پھر ایک دن میں انکے پیچھے بھاگنے لگا۔۔۔۔۔۔۔۔۔

کہ میرے پاس اس کے علاوہ کوئی چارہ نہیں تھا۔۔۔۔۔ میں اور کر ہی کیا سکتا تھا۔۔۔

ایک نہ ایک دن میں نے پتھر اٹھا کے بھاگنا تھا سو ایک دن میں نے پتھر اٹھالیا۔۔۔

میں پاگل نہیں تھا۔۔۔۔۔۔۔

لیکن تھا۔۔۔۔۔۔۔۔۔۔۔۔

پھر میں لوگوں کے پیچھے بھاگ بھاگ کر تھک گیا اور میرے پاس کھانے کو بھی پیسے ختم ہو گئے کہ گھر میں اب ایک بھی چیز نہیں تھی کہ جسے بیچ کر پیٹ کی آگ کو ٹھنڈا کیا جاسکتا۔ صرف میں تھا اور گھر کے در و دیوار، جو پہلے ہی رہن رکھے جا چکے تھے۔۔۔۔ گاؤں والوں نے چودھری صاحب سے گزارش کی کہ ایک پاگل کو گاؤں میں نہیں رہنا چاہیئے سو ایک دن چودھری صاحب نے اپنا مکان خالی کرنے کا حکم صادر کر دیا، یہ مکان، یہ میرے آباء واجداد کا مکان، جو کہ میرا تھا لیکن میرا نہیں تھا۔۔۔۔

پاگل کا ایک ہی ٹھکانہ ہے۔ جی ہاں پاگل خانہ، سو ایک دن پاگل خانے آن پہنچا، انتظامیہ نے داخل کرنے سے انکار کر دیا کہ کوئی گواہ لاؤ جو تمہارے پاگل ہونے کی گواہی دے۔۔۔ یہ دنیا بڑی ظالم ہے پہلے خود پاگل بناتی ہے پھر پاگل پن کا سرٹیفیکیٹ بھی مانگتی ہے۔۔۔

سو چودھری صاحب کے ہاں حاضر ہوا۔۔ مکان کی چابی انہیں تھمائی اور پاگل خانے تک چلنے اور داخل کرانے کی درخوست کی۔۔۔ چودھری صاحب جیسے نیک دل آدمی بھلا اس نیک کام میں کیوں نہ ساتھ دیتے۔۔۔

(۹) ہیڈ آر ٹیل

حنیف سمانا

میں نے کہا۔

"ساحل پہ چلتے ہیں"

اس نے کہا۔۔

"نہیں۔۔شاپنگ کرتے ہیں"

میں نے جیب سے سکّہ نکالا۔۔

"ہیڈ آر ٹیل؟"

اس نے کہا۔۔

"ٹیل"

میں نے سکّہ ہوا میں اچھالا۔

ہیڈ آیا اور ہم ساحل پہ چلے گئے۔۔

میں نے کہا۔۔

"بار بی کیو چلتے ہیں"

اس نے کہا۔۔

"نہیں۔۔چائنیز"

میں نے سکّہ نکالا۔۔

"ہیڈ آر ٹیل؟"

اس نے کہا۔۔

"ٹیل"

میں نے سکّہ اچھالا۔۔

ہیڈ آیا اور ہم باربی کیو چلے گئے۔۔

میں نے کہا۔۔

"مجھ سے شادی کرلو"

اس نے کہا۔۔

"نہیں۔۔۔بابر سے کروں گی"

میں نے سکّہ نکالا۔۔

"ہیڈ آر ٹیل؟"

اس نے کہا۔۔

"ٹیل"

میں نے سکّہ اچھالا۔۔

اور اس بار کمبخت ٹیل آیا اور وہ بابر کے پاس چلی گئی۔۔۔

کل میں نے اسے فون کیا۔۔

"بابر کے ساتھ خوش ہو؟"

کہنے لگی۔۔

"بہت۔۔۔بابر اپنے فیصلے خود کرتا ہے۔۔

ایک روپے کے سکّے سے نہیں کرواتا"

میں نے کہا۔۔

"اس کا مطلب ہے تمہاری رائے نہیں لیتا"

اس کی ہچکی بندھ گئی اور اس نے فون بند کر دیا۔۔

میں نے جیب سے سارے سکّے نکالے اور نالی میں پھینک دئے۔

(۱۰) یخ بستہ خواب

شائستہ فاخری

گلابی غرارے کی چنٹوں میں آئی برساتی پھپھوند کو دیکھ کر ارجمند کی آنکھیں بھیگ گئیں۔ پچھلے برس دھوپ دکھا کر اس نے کتنی احتیاط سے یہ سارے کپڑے صندوق میں بند کئے تھے۔ بند کرنے سے قبل ان کپڑوں کی تہوں میں نیم کی سوکھی پتیاں رکھنا وہ نہیں بھولی تھی۔ پھر بھی صندوق کی جھری سے اندر جاتی ہواؤں نے اپنا کام کر دیا تھا۔ اس نے کپڑوں کو تخت پر پھیلا دیا۔ کاہی رنگ کے دھبے اس گلابی غرارے کو جگہ جگہ سے بدرنگ بنا چکے تھے۔ اس کی آنکھوں سے پانی کے قطرے ٹپکنے لگے۔ 'ارجمند! تیری کھلی رنگت پر گلابی رنگ نور برساتے ہیں' ایسا عبد الغنی اس سے کہا کرتے۔ یہ رنگ اس کے لئے کافی اہمیت رکھتا تھا۔ چوڑیاں ہوں، ساڑی ہو، بندے جھالے سب گلابی، وہ انہیں سب سے تو عبد الغنی کو رجھایا کرتی تھی۔ یہ اُس وقت کی بات ہے جب اس کی نئی نئی شادی ہوئی تھی۔ ناز نخروں کے دن تھے۔ ایک بار اس نے گلابی پھندنے والی چوٹی کی ضد کر لی تھی، کہاں کہاں عبد الغنی نے بالوں کی وہ نقلی چوٹی نہیں تلاشی، آخر کار عید کے موقعے پر لگی ہاٹ میں گلابی پھندنے کی وہ چوٹی اسے مل سکی تھی۔ اس کی چھوٹی چھوٹی خواہشوں کا عبد الغنی کتنا احترام کرتا تھا۔

وہ آہستہ ہاتھوں سے اپنے گلابی غرارے کو سہلانے لگی۔ کنگورے دار سنہرا لچکا پرانا پڑ کر ادھڑ چکا تھا۔ غرارے کے پائنچے مٹ میلے ہو کر اپنی گلابی رنگت کھو چکے تھے۔ اس

نے ایک گہری سانس لی اور سارے کپڑے چھت پر لے جا کر پھیلا دئے۔ اس گلابی رنگ میں عبد الغنی کا پیار رچا بسا تھا۔

وہ رات آج بھی ارجمند کی آنکھوں کے ڈوروں کو سرخ کر جاتی ہے، جب وہ دونوں روز مرہ کے کاموں سے فارغ ہو کر بستر پر لیٹے ادھر اُدھر کی گفتگو کر رہے تھے، تبھی کہیں دور شور اُٹھا۔ عبد الغنی نے کہا کہ کسی جانور نے حملہ کیا ہو گا، ارجمند کا قیاس تھا کہ یہ شور ان کسانوں کا ہو گا، جن کی کھڑی فصلیں اکثر چور اُچکے نوچ لے جاتے ہیں مگر شور قریب آتا گیا۔۔ اور قریب۔۔ اور قریب۔۔ اور پھر پوری بستی شور کی چپیٹ میں آ گئی۔۔۔۔۔۔۔ ارجمند کے بھیگتے پپوٹوں میں عبد الغنی کی تصویر اُتر آئی۔ اس کی آنکھوں میں کتنی دہشت تھی۔ وہ اور ارجمند بے بسی سے ایک دوسرے کو تک رہے تھے۔ رات گذر گئی، سویرا ہوا۔ لوگ اپنے گھروں میں قید ہو گئے تھے۔ زندگی ٹھپ پڑ گئی۔ دن سہما ہوا تھا اور رات ہوتے ہی درختوں سے اُتر کر اُلو سناٹوں کی دوڑ لگانے لگتے۔ کریم جا بجا ضد کرتا اور ننھی ماہی کو جب بھوک پریشان کرتی تو وہ رونے لگتی۔ اسے کیوں بھوکا رکھا جائے۔ ارجمند کے منع کرنے کے باوجود عبد الغنی نہیں مانے۔ اور پھر۔۔۔۔۔۔۔۔ ٹھک۔۔۔۔۔ ٹھک۔۔۔۔۔ ٹھک

کوئی بند کواڑ پر دستک دے رہا تھا۔

"کون ؟" ارجمند نے دروازے کے قریب جا کر آواز لگائی۔

بی بی، دروازہ کھولئے۔ میں ہوں مدن۔"

'اوہ' ارجمند نے جلدی سے دروازہ کھولا اور اوٹ میں ہو کر سلام کیا۔

"خوش رہیئے۔ مال تیار ہو گیا؟"

"جی مدن بھائی، میں تو کل سے آپ کا انتظار کر رہی تھی۔"

ارجمند نے ایک چھوٹی سی کپڑوں کی گٹھری مدن بھائی کو لا کر پکڑا دی۔

ارجمند بستی کے تمام لوگوں سے پردہ کرتی تھی۔ اس وقت بھی جب عبدالغنی اس کے ساتھ رہتا تھا، اب تو خیر۔۔۔

مدن بھائی کے جاتے ہوئے قدموں کی آہٹ سننے کے بعد اس نے آہستہ سے کھڑکی کے پٹ کھولے اور جھانکنے لگی۔ بہت دیر سے اسے نہ تو کریم کی آواز سنائی دی تھی اور نہ ماہی کی۔ وہ فکر مند تھی مگر گھر کے سامنے ہی اس کے دونوں بچے آم کے درخت پر پڑے جھولے پر بیٹھے جھول رہے تھے۔ کریم نے ایک کتاب کھول رکھی تھی اور جھوم جھوم کر کہانی پڑھ رہا تھا۔ ماہی حیرانی سے آنکھیں پھیلائے غور سے کہانی سن رہی تھی۔

اُف! یہ کہانیاں!۔۔ ارجمند بے ساختہ کراہ اُٹھی۔ وہ کھڑکی کے پٹ بند کرنا چاہتی تھی مگر یادوں کے دریچے جب وا ہو گئے تو کواڑ اور کھڑکی کے پٹ بند بھی کر دئے جائیں تو کیا فرق پڑتا ہے۔ ارجمند کی آنکھوں کے سامنے اُس رات اور اُس رات کے بعد کے تمام منظر سامنے آنے لگے۔

ستمبر کا مہینہ تھا۔ آسمان ہر دوڑتے ہوئے چھوٹے چھوٹے بادلوں کے ٹکڑے اور زمین پر پھیلتی ہوئی اُمس۔ کبھی بارش کبھی دھوپ۔۔۔

رہ رہ کر چلتی ہوئی سرد گرم ہواؤں سے بستی کے لوگ پریشان تھے۔ کچے پکے گھروں میں زندگی جیسے گھٹ رہی تھی دن بھر کی کڑی مشقت کے بعد رات کے چولہے سوغات میں جو رزق رکابی میں ڈال دیتے لوگ اسی کو اپنا نصیب مان کر اللہ کا شکر ادا کرتے۔ سوڈیڑھ سو کی آبادی والی یہ بستی شہر سے بہت دور نہ ہوتے ہوئے بھی شہر کی سرگرمیوں سے محروم تھی۔ چار سال گزرتے گزرتے ہلچلیں دکھائی دیتیں، بھیڑ آتی، مان مُنول کا دور شروع ہوتا اور پھر سب کچھ ختم۔۔ زندگی اپنے پرانے ڈھرے پر آجاتی

مگر اس بار بستی میں بھیڑ کے آنے کی نوعیت مختلف تھی۔ کریم کو یہ بات کیوں نہیں سمجھ میں آ رہی تھی۔ ۷ برس کے اس بچے کو کیسے سمجھایا جائے۔ ارجمند پریشان تھی۔ عبد الغنی نے مسجد جانا بند کر دیا تھا۔ رفتہ رفتہ ایک دو گھنٹے نہیں، ایک دو دن نہیں بلکہ کئی روز کھسک گئے۔ کلنڈر کی کئی تاریخیں آگے بڑھ گئیں مگر گھر کا دروازہ نہیں کھلا۔

کریم اپنے آپ میں اُلجھ رہا تھا۔ نہ وہ مدرسے جا رہا تھا، نہ اسکول۔ وہ باہر اپنے ساتھیوں کے بیچ کھیلنے جانا چاہتا تھا مگر گھر کے دروازے پر پڑا قفل اس کے بڑھتے قدم روک دیتا۔ دو کمروں پر مشتمل اس کا چھوٹا سا گھر ان دنوں اس کے لئے قید خانہ بنا ہوا تھا۔

اُس رات کریم کھانا کھا کر اُٹھا تو عبد الغنی نے یاد دلایا کہ اس نے کئی دنوں سے سبق آموز کہانی نہیں پڑھی ہے۔ کریم نے نہ چاہتے ہوئے بھی کتاب کھولی اور جھوم جھوم کر پڑھنے لگا۔۔۔

"پرانے زمانے کی بات ہے کہ ایک قافلہ بغداد کی طرف جا رہا تھا۔ بہت سے لوگ اس میں شامل تھے۔ جان و مال کی حفاظت کے لئے قافلے کا سردار بیچ بیچ میں لوگوں کو ہوشیار کرتا چل رہا تھا۔ منزل کچھ ہی دور رہ گئی تھی کہ لٹیروں اور قزاقوں نے اس قافلے پر حملہ بول دیا۔ افراتفری مچ گئی۔ کچھ جان و مال کی حفاظت میں جٹ گئے اور کچھ خوف سے سازوسامان چھوڑ کر بھاگ کھڑے ہوئے۔ اس قافلے میں ایک چھوٹا بچہ بھی تھا جو کنارے کھڑے ہو کر تماشا دیکھ رہا تھا۔ قزاقوں کے سردار کی نگاہ جب اس بچے پر پڑی تو اس نے اسے پکڑ لیا اور تلاشی لینے لگا۔ جب اس کے ہاتھ کچھ نہ آیا تو وہ جھنجھلا اٹھا۔۔۔ "کیا تیرے پاس کچھ نہیں ہے؟"

بچے نے جواب دیا۔۔۔ "میرے پاس چالیس اشرفیاں ہیں۔"

سردار حیران ہو گیا۔۔۔ "کہاں ہیں؟"

"میری صدری کے استر میں۔"

سردار نے خنجر کی نوک سے استر پھاڑ کر اشرفیاں نکال لیں۔

"بیٹا! تو نے مجھ سے سچ کیوں کہا؟" کچھ حیرانی کے ساتھ سردار نے بچے سے پوچھا۔

بچے نے صداقت سے جواب دیا۔۔ "کیونکہ چلتے وقت میری ماں نے مجھ سے کہا تھا کہ بیٹا جھوٹ کبھی مت بولنا۔"

سبق کا ایک حصہ پورا ہو چکا تھا۔ کریم نے لمبی سانس لی اور اگلے صفحہ پر انگلیاں چلانے لگا۔

"بچوں! اس سچے بالک کی طرح تمہیں بھی ہمیشہ سچ بولنا چاہیے۔ سچائی کے راستے پر چلنا چاہیے۔ سچ اور حق کے لئے اپنی گردن کٹا دینی چاہیے۔۔"

"ابا آج کا سبق پورا ہو گیا۔ اب میں سو جاؤ؟"

"ہاں بیٹا! اب سو جاؤ! مگر کتاب احتیاط سے تکئے کے نیچے رکھ دینا، پھٹنے نہ پائے۔"

کریم کتاب رکھ کر سو گیا۔ کچی نیند میں اچانک اس کی آنکھ کھلی۔ کمرے میں گھپ اندھیرا تھا۔ قدموں کی آہٹ اور کچھ پھسپھساتی آوازیں اسے کمرے میں رینگتی محسوس ہوئی۔ ڈر کر اس نے اپنے گھٹنے سمیٹ لئے اور دھیرے سے بستر پر لیٹی امی کو پکڑنا چاہا مگر انگلیوں کی گرفت میں ننھی ماہی کی فراک آ گئی۔ اس نے فراک کا کونہ پکڑ کر زور سے کھینچا۔ ٦ ماہ کی بچی جاگ کر کنمنائی اور رونے لگی۔ کمرے میں ہلکی روشنی پھیل گئی۔ ارجمند نے ٦٠ پاور کے بلب کو جلا دیا تھا۔ کریم نے سکون کی سانس لی۔ سامنے عبدالغنی کھڑے تھے۔ آنکھوں میں خوف اور چہرے پر بد حواسی۔ ایک ہاتھ سے بیٹے کو چپ رہنے کا اشارہ کیا اور دوسرا ہاتھ سے دروازے کا پٹ پکڑے باہر کے شور کو سننے اور سمجھنے کی کوشش کر رہے تھے۔ کریم نے گھبرا کر ماں کو دیکھا وہ ننھی کو گود میں اُٹھائے کمرے کے ایک کونے

سے دوسرے کونے کی طرف اور دوسرے کونے سے پہلے کونے کی طرف بے چینی سے ٹہل رہی تھیں۔

کئی دنوں سے عبد الغنی کے کپڑے کی دوکان بند پڑی تھی۔ بستی کی فضا بگڑی ہوئی تھی۔ راشن گھٹ رہے تھے، مگر لوگ مجبور تھے۔ باہر نکلنے کی سخت مناہی تھی۔ ایسے میں ننھی ماہی کے دودھ کا ڈبہ ختم ہو گیا۔ اسے چپ کرانے کی کوشش میں ارجمند ساری رات گود میں لے کر اسے ٹہلاتی رہی۔ مگر یہ عمل بہت کارگر نہیں ثابت ہوا۔ کتنی بار ارجمند نے اسے سینے سے چپکا کر اپنا دودھ پلانا چاہا مگر ماہی کو تو جیسے شیشی سے ہی دودھ پینے کی ضد تھی۔ مجبور ہو کر عبد الغنی کو گھر سے باہر نکلنا پڑا۔ صبح سے شام اور شام سے صبح ہوتی رہی۔ ارجمند جیسے نماز کی چوکی سے اُترنا ہی بھول گئی۔ نماز، قران کی تلاوت اور آنسوؤں میں ڈوبی دعائیں عرش کا پایہ ہلاتی رہیں۔ ننھی ماہی کو جیسے بھوکے رہنے کی عادت ہو گئی۔ کبھی کریم کی گود میں اور کبھی گدے پر چپ چاپ پڑی رہتی۔ پاس پڑوس کی عورتیں کسی طرح ان کے گھر تک کھانا پہنچا دیتیں جو کبھی کریم کھاتا اور کبھی یوں ہی کھلا چھوڑ دیتا۔ ہاں اس درمیان اس نے ماہی کو روٹی چوسنا ضرور سکھا دیا تھا۔

دروازے پر دستک ہوئی ارجمند پورے یقین اور اعتماد سے نماز کی چوکی سے اتر کر دروازہ کھولنے آگے بڑھی۔ بستی کی بہت سی عورتیں اور مرد گھر میں داخل ہو گئے۔ جانے پہچانے چہرے مگر کریم نے دیکھا کہ جانے کیا ہوا کہ ایک چیخ کے ساتھ اس کی امی بے ہوش ہو کر زمین پر گر پڑیں۔ ہوش میں آئیں تو ان کی چوڑیاں توڑ دی گئی۔ ان کے سر پر سفید دوپٹہ ڈال دیا گیا۔ لوگ عبد الغنی کو لے کر طرح طرح کی باتیں کر رہے تھے ان کی باتیں کم عمر کریم کو سمجھ میں نہیں آ رہی تھیں۔ اسے مدن چاچا اپنے ساتھ لے کر گھر سے باہر نکل گئے۔ اور جب وہ دوبارہ گھر میں داخل ہوا تو اس کے ابا کا جنازہ اٹھ رہا تھا۔ روتے

ہوے اس نے پوچھا۔۔"مدن چاچا ابا کو کیا ہوا؟"

"بیٹا تمہارے ابا کو اللہ میاں نے بلا لیا۔" مدن چاچا کی آنکھوں سے لگاتار آنسو بہہ رہے تھے۔

معصوم کریم کو قرار آ گیا، کسی کے گھر کوئی مہمان کتنے دن رہ سکتا ہے۔

رفتہ رفتہ گھر چھوڑ کر بھاگے ہوے لوگ بستی میں واپس آنے لگے تھے۔ زندگی اپنے پرانے ڈھرے پر لوٹنے لگی۔ مدن بھائی نے اپنے کام کے ساتھ ساتھ عبد الغنی کی دوکان کا کام بھی سنبھال لیا۔ ہفتہ میں دو دن کچہری بند رہتی۔ وہ بستی واپس آتے شہر سے لائے ہوے کپڑوں کے ٹکڑے ارجمند کو دے آتے اور وہ اپنے ہنر سے ان کپڑوں سے بچوں کے ریڈی میڈ لباس تیار کر دیتی۔ چھٹی کے بعد جب وہ شہر واپس جاتے تو پہلے سے طئے شدہ دوکانوں پر تیار مال دے آتے۔ اس سے اتنی آمدنی ہونے لگی تھی کہ عبد الغنی کے گھر میں دونوں وقت چولھا جلنے لگا تھا۔

اجڑی بستی ایک بار پھر سے بس گئی۔ مگر رات کی تنہائی میں کریم کے ذہن میں اٹھتے ہوے سوالات اسے پریشان کرنے لگے۔ وقت کے ساتھ کریم کی سوچ بھی پختہ ہوتی گئی۔ بہت سی باتیں بغیر پوچھے اس کی سمجھ میں آنے لگیں ہمیشہ سچ بولنے کا سبق دینے والے ابا بھول گئے کہ سبق آموز کہانیوں کا سچ بدلتا رہتا ہے۔ کیوں بولا ابا نے سچ!۔۔۔۔ اگر میں ہوتا تو۔۔۔ تو! کریم کے ذہن میں چونٹیاں رینگنے لگیں، بار بار سچے بالک کی کہانی ذہن میں گھومنے لگی۔ اکثر رات میں جب عبد الغنی فرصت میں ہوتے تو وہ کریم سے سبق آموز کہانیاں سنانا نہیں بھولتے تھے۔ ایک بار جب ارجمند نے ٹوکا تو انہوں نے ہنس کر جواب دیا، 'ہمارے والدین نے اسی طرح تاریخی واقعہ سنا سنا کر ہماری ذہنی پرورش کی ہے۔ میں بھی اپنے بچوں کی سوچ کو پختہ کر رہا ہوں۔

۔۔۔۔اور پھر اس حادثے کو بھی کئی برس گزر گئے۔ مدن بھائی اسی طرح عمل پیرا رہے۔ عبد الغنی کا گھر اب ان کے لئے فوت ہوئے بھائی کے گھر جیسا بن چکا تھا۔ ہر سال وہ عبد الغنی کی برسی کرنا نہیں بھولتے تھے۔ اس دن جہاں ارجمند گھر میں مدرسے کے بچوں کے لئے کھانا بناتی وہیں مدن بھائی ان بچوں کو عبد الغنی کے نام پر سالانہ وظیفہ دیتے۔ حالانکہ وظیفہ کی رقم ۱۰۰ روپیہ تھی مگر پھر بھی اس کام سے مدن بھائی کو بہت سکون ملتا تھا۔

کریم اب گیارہ سال مکمل کر کے بارہویں میں لگ چکا تھا مگر اس کے ذہن میں رینگتی ہوئی چیونٹیاں کم نہیں ہوئی تھیں۔ ایک شام جب وہ بہت دیر تک اپنی پڑھائی کی میز کرسی سے نہیں اُٹھا تو سلائی کرتی ارجمند نے آواز دی۔۔ "کریم تو نے ابھی تک دن کا کھانا بھی نہیں کھایا ہے اور عصر کی اذان ہو گئی۔"

"امی میں ایک کہانی لکھ رہا ہوں۔ بس مکمل ہونے والی ہے۔ پھر نماز پڑھ کر کھالوں گا۔"

ارجمند ہنسنے لگی۔۔ "خدا خیر کرے۔ باپ کو شاعری کا جنون اور بیٹے کو کہانی لکھنے کا شوق۔"

عشاء کی اذان ہوتے ہی ارجمند باورچی خانے سے نکل کر کریم اور ماہی کو نماز پڑھنے کے لئے آواز لگاتی ہوئی خود وضو کرنے بیٹھ گئی۔

نماز کے بعد تینوں نے کھانا کھایا اور کہانی سننے کے لئے سب بستر پر بیٹھ گئے۔ کریم نے جوش کے ساتھ کہانی سنانا شروع کیا۔۔۔۔

"پرانے زمانے کی بات ہے کہ ایک قافلہ بغداد کی طرف جا رہا تھا۔ بہت سے لوگ اس میں شامل تھے۔ جان و مال کی حفاظت کیلئے قافلے کا سردار بیچ بیچ میں لوگوں کو ہوشیار

کرتا چل رہا تھا۔ منزل کچھ ہی دور رہ گئی تھی کہ لٹیروں اور قزاقوں نے اس قافلے پر حملہ بول دیا۔ افراتفری مچ گئی۔ کچھ جان و مال کی حفاظت میں جٹ گئے اور کچھ خوف سے سازوسامان چھوڑ کر بھاگ کھڑے ہوئے۔ اس قافلے میں ایک چھوٹا بچہ بھی تھا جو کنارے کھڑے ہو کر یہ نظارہ دیکھ رہا تھا۔ قزاقوں کے سردار کی نگاہ جب اس بچے پر پڑی تو اس نے اسے پکڑ لیا اور تلاشی لینے لگا۔

جب اس کے ہاتھ کچھ نہ آیا تو وہ جھنجھلا اٹھا۔۔ "کیا تیرے پاس کچھ نہیں ہے ؟"

بچہ خاموش رہا۔

ارجمند نے اسے بیچ میں ہی ٹوکا۔۔ "بیٹا! تم تو وہی تاریخی واقعہ سنا رہے ہو جو سبق آموز کہانیوں کی کتاب میں ہے۔"

کریم نے اسی روانی میں کہا۔۔ "آگے تو سنئے۔"

کریم نے ایک گہری سانس لی۔۔ "دوستو! اگر جینا چاہتے ہو تو تمہیں ہوش مندی اور دوراندیشی سے رہنا ہو گا۔ خدا انہیں کی مدد کرتا ہے جو اپنی مدد آپ کرتے ہیں۔ ساتھیوں زندہ رہنا ہے تو اپنی عقل سے زندہ رہنا سیکھو۔"

ارجمند کا ہاتھ اُٹھا اور ایک بھرپور طمانچہ کریم کے گال پر پڑا۔ اگلے ہی لمحے اس نے پھپھک کر روتے ہوئے کریم کو اپنی آغوش میں بھر لیا۔ کچھ لمحے یوں ہی گزر گئے۔ اس کے بہتے ہوئے آنسو ارجمند کو اپنی گردن پر محسوس ہو رہے تھے مگر وہ چپ کھڑی غبار کے نکل جانے کا انتظار کر رہی تھی۔ ماہی کی آنکھوں میں حیرانی تھی۔ وہ نا سمجھی سے کبھی ماں کا اور کبھی بھائی کا چہرہ تک رہی تھی۔ کریم جب گہری سانس لیتے ہوئے ماں سے الگ ہوا تو ارجمند اپنی روندھی آواز میں اس سے مخاطب ہوئی "بیٹا! انجانے میں تجھ سے گناہ عظیم ہو گیا۔ ایک تاریخی واقعہ میں تو نے اپنی مرضی سے پھیر بدل کر دیا۔"

کریم نے کوئی جواب نہیں دیا اور منھ دھونے کے لئے نلکے کی طرف بڑھ گیا۔ وہ بات کی گہرائی سمجھتے ہوے بھی دل سے اس سچ کو تسلیم نہیں کر پا رہا تھا۔ جب چھوٹے سے جھوٹ سے زندگی بچ سکتی تھی، تو سچ بولنے کی کیا ضرورت تھی۔ پھر نہ امی کی چوڑیاں ٹوٹتیں اور نہ وہ یتیم کہلاتا۔

ماں کے کہنے پر، وہ اس بات کے لئے رضامند ہوا کہ وہ صبح کہانی پھاڑ دے گا۔ اور پھر سب چپ چاپ بستر پر لیٹ گئے۔ اپنے ابا کی یاد کریم کو بری طرح تڑپا رہی تھی۔ قطرہ قطرہ آنسو آنکھوں سے ٹپکتا جا رہا تھا۔ بے چین ارجمند بھی تھی۔ نیند آنکھوں سے دور تھی۔ شوہر کی یاد دل کو پاش پاش کر رہی تھی۔ آنسو اس کی آنکھوں سے بھی بہہ رہے تھے۔ اس کی نگاہ میں نہ شوہر غلط تھا اور نہ بیٹے کو غلط ماننے کے لئے دل رضامند تھا۔ ماہی ہمیشہ کی طرح دونوں کے درمیان لیٹی گہری نیند سوئی ہوئی تھی۔ ارجمند اور کریم دونوں کی پیٹھ ایک دوسرے کی جانب تھی۔ دونوں جاگ رہے تھے۔ مگر دونوں ہی ایک دوسرے کی ذہنی کیفیت سے انجان تھے۔ رات کچھ پہر اور آگے بڑھی، اس انتظار میں دونوں نیند دور بھگا رہے تھے۔ ارجمند چاہتی تھی کہ بیٹا نیند کی غفلت میں چلا جائے تو وہ اپنے تڑپتے ہوئے دل کو قرار دینے کے لئے نماز کی چوکی کا سہارا پکڑے اور کریم چاہتا تھا کہ ماں جلدی سے جلدی گہری نیند میں سو جائیں تو وہ اپنے بستر سے اُتر کر چپ چاپ وہ کام کر ڈالے جسے کر گزرنے کی کشمکش میں اس نے گزشتہ کئی ماہ گزارے تھے۔

آخر وہ لمحہ آ ہی گیا جس کا کریم کو انتظار تھا۔ اسے یقین تھا کہ اس کی ماں سو چکی ہے۔ وہ آہستہ سے اُٹھ کر بیٹھ گیا اور جھک کر ماں کے چہرے کو دیکھنے لگا۔ ماں کی آنکھیں بند تھیں۔ پلکوں میں کوئی جنبش نہیں تھی۔ وہ دھیرے سے پلنگ سے اُتر کر باورچی خانے کی طرف بڑھا۔ ارجمند نے پھڑ پھڑا کر آنکھیں کھول دیں۔ وہ اپنی جگہ لیٹے لیٹے ہی باورچی

خانے میں کریم کی ایک ایک نقل و حرکت کو بغور دیکھ سکتی تھی۔

کریم نے سبق آموز کہانیوں کی کتاب کھولی۔ سچے بالک کی کہانی سامنے آگئی۔ ایک ہی جھٹکے میں اس نے اس کہانی کے دونوں ورق پھاڑ لئے اور رات کا چاول لے کر اپنی لکھی ہوئی کہانی اس نے ان پھٹے ہوے اوراق کی جگہ پر چپکا دی۔ کچھ دیر یوں ہی کھڑا وہ کتاب سے پھاڑے ہوئے صفحات کو دیکھتا رہا۔ آنسوؤں سے ڈبڈبائی آنکھوں کے سامنے سارے حروف آپس میں اسے ملتے ہوے محسوس ہو رہے تھے۔ باپ کا چہرہ بار بار آنکھوں کے سامنے آرہا تھا۔ پھر اس نے ماچس اُٹھائی، دیا سلائی جلائی اور صفحے کے ایک کونے کو آتش کے حوالے کر دیا۔ اس کے قبل کہ صفحے کے حروف مٹتے، وہ سکون کی گہری سانس لیتا، اس کے بے قرار دل کو قرار آتا، برق رفتاری سے باورچی خانے میں داخل ہوتی ہوئی ارجمند نے دونوں ہتھیلیوں کے درمیان صفحہ کو محفوظ کر کے آگ بجھا دی اور بے نور آنکھوں سے اسے دیکھنے لگی مگر کریم کی نگاہ سیلن سے پھولی چھت کے اس کونے پر لگی ہوئی تھی جس کا پلاسٹر چیخ گیا تھا اور جو کسی بھی وقت ٹوٹ کر زمین پر گر سکتا تھا۔

(۱۱) بھول بھلیاں

اقبال حسن آزاد

اگر اسے بھول جانے کا مرض لاحق نہ ہوتا تو زندگی کس قدر دشوار ہو جاتی۔ وہ کوئی کمپیوٹر تو نہیں کہ زندگی کی چھوٹی چھوٹی باتوں کی تفصیل اور سانسوں کی آمد و شد کا ڈاٹا رکھتا پھرے۔ اچھا ہی ہے کہ اسے بھول جانے کی بیماری ہے ورنہ اس بے رنگ زندگی میں رکھا ہی کیا ہے۔ اسی بھول بھلیاں میں گھومتے گھامتے ایک دن ایسا آئے گا کہ وہ سانس لینا بھول جائے گا اور پھر۔۔۔۔۔

بھول جانے کا یہ مرض بہت پرانا تھا۔ بچپن میں وہ کبھی کوئی کتاب اسکول لے جانا بھول جاتا، کبھی پنسل، کبھی ربر اور اسکول میں اسے مار لگتی مگر گھر آتے آتے وہ یہ بھی بھول جاتا کہ اسکول میں اسے ٹیچر نے مارا ہے۔ بھول جانے کی شکایت جب اس کی ماں کے کانوں میں پہنچی تو وہ اس کے اسکول جانے سے قبل اس کے اسکول بیگ کو خوب اچھی طرح چیک کر لیا کرتی اور گھر کے کونے کونے سے اس کی بکھری ہوئی چیزیں سمیٹ کر بیگ میں رکھ دیا کرتی۔ جب وہ کچھ اور بڑا ہوا اور بازار جانے کے لائق ہو گیا تب بھی اس کی ماں اس سے سودا منگوانے سے گریز کرتی تھی کہ اسے معلوم تھا کہ وہ کچھ نہ کچھ بھول آئے گا۔ کبھی دکان پر کوئی سامان بھول جاتا اور کبھی دکاندار سے بقیہ پیسے لینا بھول جاتا۔ بھول جانے کے مرض کے ساتھ زندگی بسر کرتے ہوئے پتہ نہیں کیسے وہ ہر سال پاس کرتا گیا۔ وہ تو یونیورسٹی میں آنے کے بعد جب اس نے سگمنڈ فرائڈ کی کتابوں کا مطالعہ کیا

تب اسے معلوم ہوا کہ انسانی ذہن کے تین خانے ہوتے ہیں۔ شعور، لاشعور اور تحت الشعور۔ جو شے انسان کے لئے سب سے زیادہ اہمیت رکھتی ہے وہ ہمیشہ اس کے شعور میں محفوظ رہتی ہے۔ کم اہمیت والی باتیں لاشعور میں چلی جاتی ہیں اور کبھی کبھی کسی موقع پر شعور کی سطح پر ابھر آتی ہیں اور انسان کو بھولی ہوئی بات یاد آ جاتی ہے اور جس شے کی اہمیت نہیں کے برابر ہوتی ہے وہ تحت الشعور میں چلی جاتی ہے۔ سرکاری دفتروں میں ہر سطح کی فائلیں موجود رہتی ہیں۔ پہلی سطح کی فائل میز پر رہتی ہے، دوسری سطح کی الماری میں اور تیسری سطح کی آفس کے گودام میں۔

اس کا شہر بہت چھوٹا تھا۔ شہر کیا بس ایک قصبہ تھا۔ اسی لئے جب اس نے اسکول کی تعلیم مکمل کرلی تو اس کی بیوہ ماں نے اسے اعلیٰ تعلیم کے لئے بڑے شہر بھیج دیا اور خود چھوٹی بیٹی کے ساتھ آبائی مکان میں رہ گئی۔ کالج کا ایک سال ختم ہوتے ہوتے وہ اسکول کے تمام ساتھیوں کے نام اور چہرے بھول چکا تھا۔

ایک دن جوبلی مارکیٹ میں اس کا ایک ہم عمر اس سے آ ٹکرایا۔

"ارے منصور! کیسے ہو یار؟"

وہ ٹھٹھک گیا۔ مخاطب کے چہرے پر ایک شناسا مسکراہٹ کھیل رہی تھی۔ اس نے ذہن پر بہت زور ڈالا مگر اسے یہ یاد نہ آسکا کہ اجنبی کون ہے۔ وہ اجنبی چہرہ پوچھ رہا تھا۔

"گھر جاتے ہو یا نہیں؟"

"گھر۔۔۔۔۔ گھر۔۔۔۔ تو میں ہر مہینے جاتا ہوں۔"

"کبھی ملاقات نہیں ہوتی ہے۔ گھر آؤ تو پرانے دوستوں سے بھی مل لیا کرو۔"

اب گھر جانے کے بعد پرانے دوستوں سے ملنے کا وقت ہی کہاں تھا۔ سنیچر کی شام کو گھر پہنچتا اور سوموار کو تڑکے گھر سے نکل پڑتا۔ جب تک وہ گھر میں رہتا، ماں کے پاس بیٹھا

رہتا۔ کبھی اس کا سر دباتا کبھی پیر۔ کبھی اپنی چھوٹی بہن کے ساتھ مل کر کچن میں ماں کا ہاتھ بٹاتا۔ ماں کہتی بیٹا ذرا باہر گھوم آؤ تو وہ کہتا، نہیں ماں میں تو بس تم سے ملنے آتا ہوں۔ وہ اجنبی چہرہ گھر کا تذکرہ کر کے بھیڑ میں کہیں گم ہو چکا تھا۔ اسے بڑی شدت کے ساتھ ماں کی یاد ستانے لگی۔ چلو ماں سے ملتے ہیں۔ اس کے قدم اسٹیشن جانے والی سڑک پر ہو لئے۔ دور سے اسٹیشن دکھائی دینے لگا تو اس کے قدم کچھ اور تیز ہو گئے۔ کہیں گاڑی چھوٹ نہ جائے۔ اسے لگا جیسے اس کی ماں اسے آواز دے رہی ہے۔ اگر ماں نہ ہوتی تو ؟ماں ہے تو سب کچھ ہے۔ اسٹیشن کے پاس پھر کوئی اس سے ٹکرایا۔

"کہاں جا رہے ہو منصور؟"

"گھر؟"

"گھر۔۔۔۔ مگر اس وقت تو وہاں کی کوئی گاڑی نہیں ہے اور پھر تمہارا سامان کہاں ہے۔ ؟"

"سامان۔۔۔۔؟" ایں۔۔۔۔ وہ ایسے ہی چلا آیا اور کہنے والے نے اس سے کیا کہا۔ اس وقت اس کے شہر کی کوئی گاڑی بھی نہیں جاتی۔ دھت تیری کے۔"

وہ واپسی کے لئے مڑ گیا۔ شہر کی شام کتنی دلفریب ہوتی ہے۔ جی چاہتا ہے بس یونہی بے مقصد سڑکوں پر مارے مارے پھریں۔ ہر طرف زندگی جگ مگ، جگ مگ کرتی نظر آتی ہے۔ جگمگاتی شاہراہوں سے گزرتے ہوئے ایک سنیما ہال پر نظر پڑی تو خیال آیا چلو پکچر دیکھتے ہیں۔ وہ ٹکٹ لے کر اندر داخل ہوا۔ مار دھاڑ سے بھرپور فلم تھی۔ اسے بڑا مزا آ رہا تھا۔ بلکہ اسے تو اتنا زیادہ مزا آیا کہ پتہ ہی نہ چلا کہ کب انٹرول ہو گیا۔

جب ہال کی روشنیاں جل اٹھیں اور بہت سارے لوگ سگریٹ پینے یا اپنے اپنے شانوں کا بوجھ ہلکا کرنے کے لئے ہال سے باہر نکلنے لگے تو اس کے دل میں بھی سگریٹ پینے کی

خواہش پیدا ہوئی۔ وہ باہر نکلا۔ ایک دکان سے سگریٹ خریدا اور اسے سلگا کر بھری پری سڑک پر نکل آیا۔ وہ بھول چکا تھا کہ ابھی ابھی وہ پکچر دیکھ رہا تھا اور ابھی آدھی فلم دیکھنی باقی تھی۔ البتہ اسے یہ یاد رہا کہ ماں سے ملنے جانا ہے اور اگر نہ جا سکا تو ایک خط ضرور لکھ دے گا۔

دوسرے دن گیارہ بجے کے آس پاس وہ پوسٹ کارڈ خریدنے پوسٹ آفس پہنچا تو پوسٹ آفس بند تھا۔ اس نے حیرت سے پوسٹ آفس کے گیٹ پر لگے ہوئے تالے کو دیکھا اور ایک راہ گیر سے پوچھ بیٹھا۔ "آج پوسٹ آفس کیوں بند ہے؟"

"کیوں کہ آج اتوار ہے۔" راہ گیر جواب دے کر آگے بڑھ گیا اور وہ اپنی یادداشت کو کوستا ہوا واپس ہو لیا۔ کبھی کبھی وہ سوچتا کہ کیا اس کا دماغ اتنا چھوٹا ہے کہ اس میں بہت ساری یادوں کی سمائی مشکل ہے یا پھر باتیں اس کے دماغ سے پھسل پھسل کر باہر نکل پڑتی ہیں۔ اماں کے پاس ہوتا تو وہ اسے ذرا ذرا سی بات یاد دلاتی رہتیں مگر یہاں ـــــ شکر ہے کہ اس کی اس دھوکہ دینے والی یادداشت کا اثر اس کی تعلیم پر نہیں پڑا تھا۔ ورنہ ساری زندگی اسی چکرویو میں گزر جاتی۔ اور تب تو گزارا اور بھی مشکل ہو جاتا۔ جب اس کی تعلیم ختم ہو گئی اور نوکری بھی مل گئی تو اس کی ماں کو اس کا گھر بسانے کی فکر ہوئی۔ وہ ابھی شادی کرنا نہیں چاہ رہا تھا۔ وہ تو بس ماں کی خدمت کرتے رہنا چاہتا تھا مگر ماں کی ضد کے آگے اس نے ہتھیار ڈال دئے۔ بہن کی نسبت پہلے سے طے تھی۔ دونوں کی شادی ساتھ ساتھ ہو گئی۔ بیٹی گئی تو بہو آ گئی۔ بیوی کو ماں کے پاس چھوڑ کر وہ شہر چلا گیا۔ ماں کی یاد ستاتی تو گھر آتا اور دیکھتا کہ ماں کے علاوہ اس کی بیوی بھی اس کی راہ دیکھ رہی ہے۔ اور جب اس کی بیوی کے سر کا آنچل سرک کر کاندھے پر آ گیا ـــــ

بار حیا سے جھکی ہوئی نگاہیں پوری طرح کھل گئیں ـــــ

اور منہ میں خاموش بیٹھی زبان بولنے لگی تو اس کی ماں نے اسے مشورہ دیا کہ اب وہ اپنی بیوی کو بھی اپنے ہمراہ شہر لے جائے تاکہ وہ ہوٹل کا کچا پکا کھانا کھا کر بیمار ہونے سے محفوظ رہے۔ سو وہ اپنی بیوی کو بھی شہر لے آیا۔ شروع شروع میں اس کی بیوی کو اس کے بھول جانے کے مرض سے بڑی الجھن ہوتی۔ وہ سمجھتی کہ اس کا شوہر جان بوجھ کر اس کی فرمائشوں کو ٹال جاتا ہے اور پھر بھول جانے کی ایکٹنگ کرتا ہے۔ مگر جب اسے یقین ہو گیا کہ اس کے شوہر کو سچ مچ بھول جانے کا مرض ہے تو پھر اس نے اپنا رویہ بدل دیا۔ اب وہ اہم بات کو اس کی ڈائری میں نوٹ کر دیا کرتی اور دن میں تین چار بار آفس فون کر کے اسے ضروری باتیں یاد دلاتی رہتی۔ دھیرے دھیرے اس کی بیوی اسے چیزوں کو یاد رکھنے کے طریقے سکھانے لگی۔ ساتھ ہی ساتھ اس نے اس کی غذا میں ایسے اجزاء بھی شامل کرنے شروع کر دئے جن سے انسان کی یادداشت تیز ہوتی ہے۔ وہ اس کے لئے بادام کا حلوہ اور میتھی کا لڈو بناتی۔ وہ چاہتی تھی کہ اس کا شوہر ہمیشہ اس بات کو یاد رکھے کہ یہ عورت جو اس کے لئے کھانا بناتی ہے، اس کے کپڑے دھوتی ہے اور اس کے ساتھ سوتی ہے وہ اس کی بیوی ہے اور گھر میں جو دو چھوٹے چھوٹے بچے ہیں وہ اسی کے ہیں۔ ان باتوں سے اس کی یادداشت پر کیا اثر پڑا یہ تو نہیں معلوم البتہ وہ دن بیوی کا دست نگر ہوتا گیا۔ قدم قدم پر اسے بیوی کی ضرورت پڑنے لگی۔ اب وہ اس کی بصارت تھی ۔۔۔۔۔ اس کی سماعت تھی ۔۔۔۔۔ اس کی یادداشت کی امین تھی ۔۔۔۔۔ اور اس کی زندگی کا سہارا تھی۔ اب وہ اپنی ماں کو بھول چکا تھا۔ چھوٹی بہن کو بھول چکا تھا۔ ماں اور بہن دونوں کہیں تحت الشعور میں جا کر سو رہی تھیں۔

پھر جیسے زمین کروٹ بدلتی ہے۔ نیچے کی چیزیں اوپر آ جاتی ہیں اور اوپر کی چیزیں نیچے چلی جاتی ہیں، ایسی ہی الٹ پلٹ اس کے ذہن میں بھی ہونے لگی۔ زندگی کے چالیس پڑاؤ پار

کرتے کرتے اسے اپنے اندر ایک عجیب سی تبدیلی کا احساس ہوا۔ سامنے کی باتیں تو وہ اب بھی بھول جایا کرتا تھا مگر بچپن کی یادیں تحت الشعور سے نکل کر شعور کی سطح پر روشن ہونے لگی تھیں۔ اسے اپنا شہر، اپنا اسکول، اسکول کے ساتھی، گھر، چھوٹی بہن، ماں سبھوں کی یاد آنے لگی۔ ماں۔۔۔۔ماں کو تو وہ بالکل ہی بھلا بیٹھا تھا۔ ایک زمانے سے اس نے ماں کو کوئی خط بھی نہیں لکھا تھا نہ ہی اسے پیسے بھیجے تھے۔ پتہ نہیں ماں کس حال میں ہو گی۔ ماں کی یاد اس کے حواس پر، پر پھیلا کر بیٹھ رہی۔ چلو ماں کو دیکھ آتے ہیں۔ خفا تو ضرور ہو گی مگر آخر کو ماں ہے۔ دیکھے گی تو سینے سے لگا لے گی۔ مگر بیوی کو اپنے ارادے کے بارے میں بتانا مناسب نہ ہو گا۔ اسے یاد آنے لگا۔ بیوی کو شہر لانے کے بعد پہلے پہل جب وہ ماں سے ملنے کا ارادہ کرتا تو اس کی بیوی کسی نہ کسی بہانے اسے وہاں جانے سے روک دیتی۔ ایک دفعہ جب اس نے گھر جانے کا مصمم ارادہ کر لیا تھا اور اپنا سامان بھی پیک کر لیا تھا تو اس کی بیوی نے اس کے پیسے چھپا دئے تھے تاکہ وہ اپنی ماں سے ملنے نہ جا سکے۔ یہ بات اسے بڑی ناگوار گزری تھی، مگر جلد ہی وہ اس واقعہ کو بھول گیا تھا۔ مگر اس بار ایسا نہیں ہو گا۔ وہ اپنی بیوی سے کہے گا کہ اسے آفس کے کام کے سلسلے میں کسی دوسرے شہر جانا ہے اور وہ چپکے سے جا کر ماں سے مل آئے گا۔ گاڑی میں سوار ہونے کے بعد راستے بھر وہ ماں کو یاد کرتا رہا تھا۔ چند گھنٹوں کا سفر اسے مہینوں کی مسافت معلوم ہو رہا تھا۔ گاڑی کسی اسٹیشن پر رکتی تو اسے بے چینی محسوس ہونے لگتی۔ رکتے چلتے جب گاڑی اس کے شہر کے اسٹیشن پر پہنچی تو شام کجلا رہی تھی۔ اس نے ایک رکشہ لیا۔ ایک ایک شے جانی پہچانی تھی۔ اسٹیشن سے نکل کر چھوٹا سا بازار، اس کے آگے بڑا سا میدان۔ میدان کے بعد اس کا اسکول، اسکول کے بغل میں تالاب اور تالاب کے پہلو سے جو سڑک جاتی ہے وہ ٹھیک اس کے گھر کے دروازے پر ختم ہوتی ہے۔ اس کی ماں کو پان کھانے کی عادت تھی۔

اسٹیشن سے نکل کر اس نے ایک ڈھولی پان خرید لیا تھا۔ کچھ پھل خریدے تھے اور ایک ڈبہ مٹھائی لی تھی۔ حالاں کہ اس کی ماں میٹھا نہیں کھاتی تھی البتہ اسے اپنے ہاتھوں سے ضرور کھلاتی تھی۔ رکشہ جانے پہچانے راستوں سے گزرتا ہوا جب اس کے گھر کے سامنے پہنچا تو دروازے پر تالا دیکھ کر اسے اچانک یاد آ گیا۔ ماں کو گزرے ہوئے تو کئی سال ہو گئے۔

(۱۲) احتساب

فیروز عابد

میں اسکول نہیں گیا۔۔۔ لیکن شاہد کی اماں مجھے پڑھاتی ہیں۔۔ میں اردو اور انگریزی میں اپنا نام لکھ لیتا ہوں۔۔۔ وہ بنگلہ زبان بھی جانتی ہیں۔۔۔ کہتی ہیں

"اردو سیکھ لو تو بنگلہ زبان بھی سکھاؤں گی۔۔۔۔۔"

"دادا ہم لوگ بھاگتے ہیں۔۔۔ دیکھئے وہ انکل ہمیں بلا رہے ہیں۔۔۔ ٹھہرو یہ کتاب لیتے جاؤ، شاہد کی امی سے کہنا "چاند، ستارے، جگنو، پھول کی نظمیں تمھیں سنائیں۔۔۔۔" لڑکے چلے گئے۔ چھوٹے چھوٹے قدموں سے اُڑتی دھول نے عینک کو دھندلا کر دیا۔۔۔۔

اچانک گھپ اندھیرا ہو گیا۔۔۔ آنکھیں تاریک ہو گئیں۔۔۔ آہستہ آہستہ روشنی سیڑھیوں سے چڑھ کر آ رہی تھی۔۔۔ بیٹے نے لالٹین سنگار میز پر رکھ دیا۔۔۔ یادیں دوڑتی بھاگتی آئیں۔۔۔ یادیں نصف صدی پیچھے چلی گئیں۔۔۔ غذائی تحریک کا دوسرا دن۔۔۔ لوگ اناج کے لیے گاؤں سے نکل پڑے۔۔۔ گیارہ سالہ نورالاسلام بھی نکلا۔۔۔ ایک بوتل کراسن تیل کے لیے تاکہ دیر رات تک اپنا سبق یاد کر سکے۔۔۔ اس کی ماں بیڑی بناتی تھی اور وہ بیڑی پر سوتا لپیٹتا تھا۔۔۔ بھیڑ بڑھتی گئی۔۔۔ ایک دروازے سے بندوق نے گولی داغی اور وہ گولی روشنی کے طالب نور الاسلام کو لگی۔۔۔ گیارہ سالہ معصوم جسم خون میں لت پت روشنی کے لیے شہید ہو گیا۔۔۔ میرا سنگار میز ہی میرا

رائیٹنگ ٹیبل ہے۔۔۔اس سنگار میز پر رسالے ہیں۔۔ان رسالوں کے درمیان لکھتا ہوں اور اپنا محاسبہ کرتا ہوں۔۔۔۔۔۔اس آئینے میں جو ایک صدی پرانا بلجیم کا بنا ہے۔۔نور الاسلام کی طرح کتنے کھو گئے اور کتنے پل پل کھو رہے ہیں۔۔۔انعام و اکرام کی بارش تو پورے بھارت کے ہر صوبے میں ہو رہی ہے۔۔۔

نور الاسلام کے دل کے بالکل نیچے سے بہا ہوا خون میری آنکھوں میں اتر کر پوچھ رہا ہے۔۔۔۔۔۔

"استاد محترم آپ تو قومی انعام و اعزاز سے نوازے گئے۔۔۔سچ بتایئے تو آپ نے کتنے مزدور بچوں کو علم سے منوّر کیا۔۔۔۔۔۔۔۔۔؟؟"

"ارے کیا ہوا بولئے نا اس طرح ہچکیاں لے کر کیوں رونے لگے۔۔۔خواب میں کیا دیکھا۔۔۔۔"بیوی کی آواز نے اُداس منظروں سے باہر نکالا۔

"کیا ہوا تھا یہ رونے کا کون سا قصہ مکمل کر رہے تھے۔۔۔ ظہر کی نماز ادا کر لوں تو راوی بن جایئے گا۔

"رو لیجیے۔۔۔درد کم ہو جائے گا۔۔۔ مناظر آتے رہیں گے اور درد بھی دبے پاؤں آتا رہے گا۔۔۔

"یہی دنیا ہے۔۔۔" یہ کہتے کہتے نہ جانے کیوں بیوی کی آواز بھی رندھ گئی۔۔۔۔بیالیس سالہ رفاقت حنائی نے میرے درد کو مکمل طور سے سمجھ لیا تھا۔۔۔۔۔۔۔۔۔!!!!!

(۱۳) الحمد للہ

عابدہ رحمانی

صائمہ کا لیبر ذرا زیادہ لمبا ہو گیا تھا، ڈاکٹر ہونے کے ناتے میں جانتی تھی کہ پہلے بچے کی پیدائش کے وقت ذرا وقت زیادہ لگ سکتا ہے، نرس اور ڈاکٹر وقتاً فوقتاً بچے کی دل کی دھڑکن دیکھ رہی تھیں۔ آخر میں فیصلہ کیا گیا کہ ایپیڈیورول (Epidural) لگا کر فورسپز سے ڈلیوری کر دی جائے، فہد پریشان پریشان ٹہل رہا تھا،

"مماسب کچھ ٹھیک تو ہے نا" وہ بجائے ڈاکٹر کے مجھ سے تسلی کر لیتا۔

"ہاں انشاء اللہ سب کچھ صحیح ہو جائے گا" صائمہ کافی نڈھال سی ہو رہی تھی، گائنا کالوجسٹ مجھ سے کہنے لگیں۔

"ڈاکٹر رحیم آپ تو سچویشن سمجھتی ہیں اگر مسئلہ زیادہ ہوا تو ہو سکتا ہے سی سیکشن کرنا پڑے" ان کا اشارہ سیزیرین کی طرف تھا۔

"جو بھی بہتر ہو ماں اور بچے کے لیے"

میں نے ان پچھلے تیس سالوں میں کتنے بچے ڈلیور کیے تھے خود مجھے بھی یاد نہیں تھا لیکن اس وقت میری حالت بالکل ایک نادان عورت کی سی تھی جو کچھ بھی نہیں جانتی تھی۔ "ابھی بچہ زیادہ نیچے نہیں آیا کہیں Distress میں نہ چلا جائے، لیبر کو ۱۲ گھنٹے سے زیادہ ہو چکے ہیں، میرے خیال میں سی سیکشن کرنا بہتر ہے"

میں نے گائنا کالوجسٹ عذرا رضوی سے آخر کہہ ہی دیا۔ "ہم اس دوران تیاری پوری

کرتے ہیں دو گھنٹے میں اور دیکھ لیتی ہوں"

وہ میری وجہ سے اتنا خیال کر رہی تھی ورنہ آجکل تو گائنا کالوجسٹ کو سیزیرین کے لیے بہانہ چاہیے۔

میں نے جا کر صائمہ کو پیار کیا "بیٹا! ان شاء اللہ سب کچھ ٹھیک ہو جائے گا۔ تم ماں بن رہی ہو اور ماں بننا اتنا آسان تو نہیں"

وہ مسکرا دی "مما آئی لو یو"

"بیٹا Love you too۔"

اس پر غنودگی چھا رہی تھی ہم لوگ رات بھر کے جاگے ہوئے تھے میں اس کے پاس صوفے پر بیٹھ گئی۔

بائیس سال پہلے جب کہ میں ایک کیس کی ڈلیوری سے فارغ ہوئی تھی اپنے ہاتھ وغیرہ دھو رہی تھی کہ نرس نے آ کر کہا "ڈاکٹر رحیم ایک ایمرجنسی کیس آیا ہے آپ جلدی آیئے۔"

جا کر دیکھا تو ایک جوان لڑکی Full term ڈلیوری کے لیے بالکل تیار تھی ساتھ میں شاید اس کی ماں تھی۔ اس سے پہلے کہ میں اسے کچھ کہتی وہ کہنے لگیں۔ "ڈاکٹر صاحبہ! خدا کے لیے آپ یہ کیس کر لیں ہم کوئٹہ سے ایک شادی کے لیے آئے تھے اور اس کی طبیعت یہاں خراب ہو گئی۔"

میں نے نرس سے اسے فوراً ڈلیوری روم لے جانے کا کہا۔ ریسپشنسٹ اس کی ماں سے پتا وغیرہ اور دوسرے حساب کتاب لکھنے لگی۔

اس کو درد بہت تیز آ رہے تھے لیکن زار و قطار رو رہی تھی۔ "بی بی! ان شاء اللہ بہت جلد فارغ ہو جاؤ گی۔" میں نے اسے تسلی دی۔ شکل و صورت سے کافی خوش شکل تھی اور

لگتا تھا کسی اچھے گھرانے سے تعلق ہے۔

تھوڑی ہی دیر میں ایک صحت مند بچی نے جنم لیا اس کو ٹانکے بھی کم آئے تھے۔ تمام معاملات بخوبی طے پا گئے ماں اور بچی کو کمرے میں شفٹ کر دیا گیا۔

یہ میرا ایک چھوٹا سا ۲۰ بستر کا میٹر نٹی ہسپتال تھا، رحیم خود تو انجینئر تھے میرے شوق کی لاج رکھ لی تھی۔ میری دو اسسٹنٹ ڈاکٹر، نرسیں اور دوسرا عملہ تھا، ماشاء اللہ خوب مصروف رہتا تھا۔ اور میرے مریض اور عملہ مجھ سے بہت خوش تھا۔۔

میں نے ان سے کہا کہ دو دن وہ ہسپتال میں رہیں گی۔ اگلی صبح جب میں جانے کی تیاری کر رہی تھی تو ہسپتال سے نرس کا فون آیا۔ "ڈاکٹر صاحبہ! جلدی آئیں وہ کل جو آپ نے ایک ایمر جنسی ڈلیوری کی تھی وہ بچی کو چھوڑ کر چلی گئی ہیں۔" میرے ہاں اس طرح کا کوئی واقعہ اس سے پہلے کبھی نہیں ہوا تھا۔ بھاگم بھاگ پہنچی، ہسپتال میرے گھر سے ملا ہوا تھا۔ بچی بھوک سے بلک بلک کر رو رہی تھی۔ سرہانے ایک پوٹلی سی تھی۔ میں نے نرس کو کہا کہ بچی کو فیڈ کرے۔ پوٹلی میں بچی کے کچھ کپڑے وغیرہ تھے کپڑوں کے اندر ایک رومال میں کچھ وزنی چیز بندھی تھی کھولا تو کچھ زیورات تھے۔ ایک بند لفافہ تھا میں نے کھولا تو میرے نام ایک خط تھا۔

ڈاکٹر صاحبہ!

السلام علیکم

آپ کو اندازہ نہیں ہے کہ کتنی مجبوری اور بے بسی میں اپنے جگر کے ٹکڑے کو آپ کے پاس چھوڑ کر جا رہے ہیں۔ میری بیٹی معصوم تھی ان دیکھے حالات کا شکار ہو گئی۔

مجھے معلوم ہے آپ بے اولاد ہیں اس کو اپنی اولاد سمجھ کر پال لیں، اللہ تعالیٰ آپ کو اجر عظیم سے نوازے گا۔ ہم بے بسوں کی طرف سے یہ آپ کے لیے تحفہ ہے ہمیں

ڈھونڈنے کی کوشش مت کیجیے گا۔ ایک درد مند ماں۔"

میں نے خط اور زیور کی پوٹلی پرس میں رکھی، نرس اور دائی سے کہا کہ بچی کا بھرپور خیال رکھیں۔

میں خود جذبات سے بے حد مغلوب تھی، رحیم کو فون کر کے صورتِ حال بتائی، وہ تو بے حد خوش ہوئے کیونکہ اب مایوس ہو کر ہم بچہ گود لینے کا سوچ ہی رہے تھے، جو پتا اور فون نمبر انہوں نے لکھوایا تھا اس پر معلومات کیں، گھر خالی پڑا تھا معلوم ہوا کہ کچھ لوگوں نے ایک سال کا کرایہ ادا کر کے لیا تھا لیکن ۸ مہینے ہی میں چلے گئے۔ فون بھی کٹا ہوا تھا۔ میں نے رحیم سے کہا کہ ہم قانونی تقاضے بھی پورے کر دیتے ہیں۔ قانونی طور پر ہم نے بچی کو گود لیا۔ رمضان کا مہینا تھا اور میں نے اس کا نام صائمہ رکھا۔

صائمہ ہماری آنکھوں کا نور اور دل کا سرور بن گئی۔ اس تمام عرصے میں بچوں کے لیے علاج کرتے ہوئے یہ بات واضح تھی اور ڈاکٹر ہونے کے ناطے میں اچھی طرح جانتی تھی کہ میں ماں بن سکتی تھی لیکن رحیم کا Spermcount (پیدائش کے جرثومے) بہتر نہ ہو سکے۔ رحیم میں وہ تمام خوبیاں تھیں جو ایک اچھے شوہر میں ہونی چاہیے تھی اس لیے میں اللہ کی رضا پر صابر و شاکر تھی۔ صائمہ کے اس طرح سے آنے سے ہماری زندگی میں ایک چہل پہل اور بہار آ گئی۔ آپا قریب ہی رہتی تھیں ان کا فہد ۵ سال کا تھا میری مصروفیت کی وجہ سے صائمہ اکثر آپا کے پاس رہتیں۔ اس طرح وہ آپا کو اپنی دوسری امی سمجھتی تھیں۔ فہد اس کا بہت خیال رکھتا تھا۔ لڑائیاں بھی ہو جاتیں۔

وقت تیزی سے گزر رہا تھا صائمہ کو میں نے ایک بہترین اسکول میں داخل کر دیا تھا اور اس کی تربیت میں ہم دونوں نے اپنا بہترین حصہ ڈالا تھا۔ اللہ تعالیٰ نے اسے بہت پیاری شکل و صورت سے نوازا تھا۔ وہ جب اولیول کا امتحان دے رہی تھی تو ایک روز گھر

واپسی پر کچھ پریشان سی تھی "مما جب آج میں پیپر دے کر نکل رہی تھی تو گیٹ پر ایک چادر پہنے عورت ملی اس نے پوچھا" آپ ڈاکٹر رحیم کی بیٹی ہیں؟"

میں نے کہا" ہاں"

تو مجھے لپٹا کر بہت پیار کیا اور وہ رو بھی رہی تھی"

میں تو سن ہو گئی، "پھر کیا ہوا؟"

"پھر وہ منہ چھپا کر چلی گئی"

میرے لیے یہ ایک لمحہ فکر یہ تھا کہ مجھے اب اسے بتانا چاہیے کہ حقیقت کیا ہے؟ لگتا ہے اس کی حقیقی ماں کہیں اس پاس ہی ہے۔

جب وہ اپنے امتحانوں سے فارغ ہوئی تو میرے پاس لیٹی ہوئی تھی میں نے رحیم سے مشورہ کر لیا تھا اور بتانے کے لیے پوری طرح تیار تھی اس کی نانی کا خط، زیور کی پوٹلی اور گود لینے کے کاغذات میں نے دراز میں رکھے ہوئے تھے۔

"صامی بیٹی! اگر میں تمہیں ایک ایسی کہانی سناؤں جو تم نے پہلے نہیں سنی تو تمہیں کیسی لگے گی؟"

"مما بہت مزا آئے گا"

"لیکن یہ ایک سچی کہانی ہے"

اس کی آنکھیں چمکنے لگیں۔ "تو مما اور بھی مزہ آئے گا"

"صامی یہ ہماری اپنی کہانی ہے" وہ کچھ گھبرا سی گئی اور دھیرے دھیرے میں نے اسے سب کچھ بتا دیا، اللہ تعالیٰ کی بڑی رحمت تھی کہ اس نے سب کچھ سکون سے سنا اس کی خوبصورت آنکھیں چھلک پڑیں وہ مجھ سے لپٹ گئی "مما اللہ بھلا کرے میری ماں اور نانی کا کہ انہوں نے آپ کے پاس چھوڑ دیا اور آپ کے حوالے کیا ورنہ کسی کوڑے کے

ڈھیر پر ڈال کر چلی جاتیں یا پھر گلا گھونٹ کر مار دیتیں" اس نے ہچکیاں لیتے ہوئے بہت بڑی بات کر دی تھی۔ "مما آپ اور ڈیڈ ہی میرے باپ اور ماں ہیں۔ آپ لوگ تو مجھے Abandone نہیں کریں گے نا۔ مجھے اس کا یقین ہے"

میرے اندر جو پریشانی تھی، جو ہیجان تھا وہ اس کی باتوں سے ختم ہو رہا تھا۔ میں نے اللہ تعالیٰ سے بڑی دعائیں مانگی تھیں کہ یہ مرحلہ بخوبی طے ہو، اور کتنی آسانی سے یہ طے ہو گیا تھا۔ میں اپنے ان ہی خیالوں میں غرق تھی اور کچھ غنودگی میں تھی کہ صائمہ نے اچانک آنکھیں کھول کر چلا کر کہا۔ "مما، مما"

وہ بری طرح چلا رہی تھی لگتا تھا کافی تکلیف میں ہے۔ میں نے اٹھ کر فوراً گھنٹی بجائی، اسے چیک کیا واٹر بیگ پھٹ چکا تھا۔ بچہ پیدا ہونے کو تیار تھا، میں نے جلدی سے اپنے ہاتھ دھوئے، قریب رکھے دستانے پہنے، اس سے پہلے کہ اس کی گائناکالوجسٹ اور نرس پہنچتی میرا نواسا میرے ہاتھ میں آ چکا تھا۔۔۔۔۔۔۔۔۔ الحمدللہ

***

آن لائن اردو میگزین 'سمت'

سے منتخب شدہ افسانوں کا ایک اور مجموعہ

سب کی کہانی ایک ہے

مرتبہ : اعجاز عبید

بین الاقوامی ایڈیشن منظر عام پر آچکا ہے